安徽财经大学新徽商研究中心系列丛书
“徽商智库”系列丛书

徽商发展报告 2019

HUISHANG FAZHAN BAOGAO 2019

王唤明 张道刚 马顺生◎编著

安徽师范大学出版社
·芜湖·

图书在版编目(CIP)数据

徽商发展报告. 2019 / 王唤明, 张道刚, 马顺生编著. — 芜湖：安徽师范大学出版社，2019.9

ISBN 978-7-5676-4404-5

Ⅰ. ①徽… Ⅱ. ①王… ②张… ③马… Ⅲ. ①徽商 - 贸易经济 - 经济发展 - 研究报告 - 2019 Ⅳ. ①F729

中国版本图书馆CIP数据核字(2019)第197661号

徽商发展报告2019　　王唤明　张道刚　马顺生◎编著

责任编辑：何章艳　李慧芳　牛　佳

装帧设计：张　玲

出版发行：安徽师范大学出版社

芜湖市九华南路189号安徽师范大学花津校区

网　　址：http://www.ahnupress.com/

发 行 部：0553-3883578　5910327　5910310(传真)

印　　刷：江苏凤凰数码印务有限公司

版　　次：2019年9月第1版

印　　次：2019年9月第1次印刷

规　　格：700 mm×1000 mm　1/16

印　　张：9.5

字　　数：130千字

书　　号：ISBN 978-7-5676-4404-5

定　　价：50.00元

序　言

2018年是中国改革开放40周年。这40年来中国涌现了一批徽商，他们分布在各行各业，从傻子瓜子的年广久到今天蔚来汽车的李斌、驴妈妈的洪清华等，时代造就了一批徽商企业家，他们在不同的“风口”奋力前行，创造价值，奉献社会。

中国国际徽商大会、徽商论坛、中国国际徽商精英年会等平台的打造让“徽商”成为一个热词，其中一年一度的徽商论坛作为世界制造业大会和中国国际徽商大会的重要组成部分，旨在弘扬徽商精神，凝聚徽商力量，是展示安徽新形象、政商学各界合作共赢的窗口。目前分布在全球的徽商组织已成为地方政府招商引资的桥梁和文化与经贸往来的平台，成为徽商回归的重要载体。

明清时期徽商的辉煌让其成为各商帮之首，今天的徽商仍在引领商界，从王传福、史玉柱、张近东、王文银等业界精英，到刘庆峰、印奇、杨涌浩、孙涛勇等人工智能和互联网领域的新秀……他们一个个都是行业的领军人物。据统计，截至2018年底，全球共有220多家徽商（安徽）商会，所属会员企业2万余家。新时代下的徽商产业在不断转型升级，与时俱进，践行着徽商精神，而每一位徽商都是行动的思想者，他们不仅争做“徽骆驼”“绩溪牛”，还一直注重诚信与自主创新，徽行天下，情系故里。这不是某个徽商、某个群体的行为，而是一代代徽商沿袭下来的一种习惯，一种传统，也可以说是一种修行。徽商，是一种精神；徽商，是一种文化；徽商，更是一种传承。

安徽财经大学是一所以经济学、管理学、法学为主的多科性财经大学，是我国首批具有学士学位授予权、第三批具有硕士学位授予权的高校，也是安徽省重点建设的大学和安徽省人民政府与中华全国供销合作总社共建高校，2012年获批国家中西部高校基础能力建设工程，2014年入选安徽省地方特色高水平大学建设项目。安徽财经大学历来重视科研和社会服务工作，科研水平稳步提升，社会服务品牌和影响力日益凸显；在申报国家社科基金、国家自然基金等项目上不断取得新突破，国家社科基金项目立项数在全国财经类高校中位列前十，连续四年位列省属高校第二。安徽财经大学还立足地方经济社会发展和行业需求，着力打造财经领域新型高端智库，尤其以安徽经济社会发展系列研究报告为代表的研究成果影响力日益扩大，特色品牌日益凸显。

安徽财经大学徽商研究始于十多年前，“徽商讲坛”“徽商大讲堂”等平台的搭建为学校的徽商研究奠定了坚实的基础。2014年，安徽财经大学新徽商研究中心成立，该中心拥有一批研究徽商和徽文化的专家学者团队，出版了《徽商文化》《新徽商导论》《徽商发展报告2017》等著作，举办了安徽省徽商老字号品牌营销大赛，发表了系列徽商和徽文化的相关论文，打造了线上平台——新徽商大讲堂。

《徽商发展报告2019》从徽商组织、徽商企业、徽商人物、徽商制造、徽商产业、徽商展望六个方面来系统阐述2018年度徽商发展情况，是对徽商年度活动与事件的分析总结，对系统了解徽商的发展具有重要指导作用。同时，本书也是安徽财经大学服务地方经济、加强智库建设的研究成果，是安徽财经大学2019年度系列报告的一部分。

《徽商发展报告2019》是安徽财经大学新徽商研究中心和安徽经济报社、决策杂志社（安徽创新发展研究院）联合研究发布的成果，得到了安徽省国资委、发改委、经信厅、商务厅、政府发展研究中心等相关部门，以及安徽省国际徽商交流协会、各徽商商会的大力支持，在此一并感谢！

安徽财经大学副校长　周加来

2019年8月

目　录

徽商组织

2018年是中国改革开放40周年，40年风雨同舟，40年披荆斩棘，40年砥砺奋进，改革开放成为当代中国最显著的特征、最壮丽的气象。凭着一股逢山开路、遇水架桥的闯劲，凭着一股滴水穿石的韧劲，中国实现了从站起来、富起来到强起来的历史飞跃，中国经济实现了由后进赶超转为全面走向现代化的新时代。伴随着改革开放的进程，徽商群体也从小变大，由弱到强。回望40年风云激荡的峥嵘岁月，历史悠久的徽商，在党的坚强领导下，弘扬优秀传统，紧随时代步伐，创造了广为称赞的辉煌业绩。

一、商会规模扩大

据不完全统计，截至2018年底，全球共有220多家徽商（安徽）商会，其中海外徽商（安徽）商会16家，2018年新成立的异地徽商（安徽）商会36家（名单见附录），新增徽商上市企业4家（不含三板）。截至2018年底，全国徽商企业中有上市公司近百家（不含安徽本土），有40多家商会建成了徽商大厦和徽商会馆，商会规模在不断扩大。

二、商会建设开创新高

2018年，全球徽商（安徽）商会建设取得了丰硕的成果，具体体现在工商联系统的“四好”（班子建设好、团结教育好、服务发展好、自律规范好）商会建设和民政部门的“5A”（即AAAAA，是民政部门对社会性组织评定的最高级别）商会建设取得新进展。

在《全国工商联办公厅关于认定2017—2018年度全国“四好”商会的通报》中，4家安徽商会榜上有名：扬州市安徽商会、镇江安徽商会、河南省安徽商会、新疆阿克苏地区安徽商会。

多家安徽商会入选地方“四好”商会，如贵州省安徽商会、宁夏安徽商会、昆山市安徽商会、常熟市安徽商会、杭州市安徽商会、嘉兴市安徽商会、临沂市安徽商会、晋城市安徽商会、常州市安徽商会、张家港市安徽商会、长治安徽商会、中山市安徽商会、无锡市安徽商会等。

截至2018年底，全球有15家徽商（安徽）商会被评为“5A”级商会，分别是广东省安徽商会、海南省安徽商会、贵州省安徽商会、江苏省安徽商会、湖北省安徽商会、吉林省安徽商会、陕西省安徽商会、青岛市安徽商会、苏州市安徽商会、中山市安徽商会、温州市安徽商会、大连徽商商会、常州市安徽商会、宁波市安徽商会、广州市安徽商会。

三、多家商会成功换届

商会的成功换届为商会的进一步发展奠定了基础，许多异地安徽商会基本都是四年一届。2018年有13家异地安徽商会成功换届，其中有4家省级商会：海南省安徽商会、河南省安徽商会、贵州省安徽商会、天津市安徽商会。

（1）2018年1月13日下午，海南省徽文化研究会、海南省安徽商会换届大会在海南省海口市举行。安徽省人大常委会原副主任张春生、安徽省人大常委会原副主任吴昌期、安徽省人民政府驻广州办事处主任朱丹、海南省民间组织管理局局长张造友等领导，海南省蚌埠商会、海南省六安商会等在琼徽商商会负责人，新华社、《海南日报》、海南电视台等新闻媒体代表共500余人参加此次盛会。海南省徽文化研究会成立于2004年，海南省安徽商会成立于2007年，十多年的发展让它们成为在海南的安徽人的纽带，经过酝酿、表决，大会选举宋攻文为海南省徽文化研究会第四届理事会会长，选举蒋会成为海南省安徽商会第三届理事会会长。

（2）2018年1月14日，嘉兴市安徽商会举行第三届第一次会员大会。会上选举产生了嘉兴市安徽商会新一届理事，随后举行了嘉兴市安徽商会第三届第一次理事会议。通过选举，张保全当选为嘉兴市安徽商会第三届会长，会议同时选举产生了执行会长、常务副会长、副会长。会上还聘任了嘉兴市安徽商会新一届秘书长、副秘书长。安徽省工商联相关领导，嘉兴市委统战部、市工商联相关领导出席此次大会。

（3）2018年3月27日，贵州省安徽商会在贵阳国际生态会议中心召开了第三届第一次会员大会。安徽省人大常委会原副主任郭万清、贵州省政府原副省长姚继元、贵州省工商联副主席丁宪光、安徽省合作交流办公室经济联络处处长余超超，在黔皖籍领导、嘉宾，贵州省各异地商会、合肥工业大学贵州校友会、贵州省各高校皖籍学子同乡会以及商会会员、“光徽黔行”入驻企业代表等600余人出席此次会议。大会全票通过贵州润生制药集团董事长陈修仕为贵州省安徽商会第三届会长，随后陈修仕会长任命贵州华源环保科技发展有限公司董事长王利峰兼任贵州省安徽商会第三届秘书长。

（4）2018年8月28日下午，天津市安徽商会第四届第一次会员代表大会暨第四届第一次理事会全体会议在天津召开。来自津皖两地徽商企业家、商会会员代表等逾300人出席了此次会议，共同见证天津市安徽商会立足新起点、开创新局面的重要时刻。此次会议听取并审议通过了商会第三届理事会工作报告、商会第三届理事会财务报告、商会章程草案及修改说明，审议通过了商会第四届理事会选举办法以及总监票人、监票人名单，选举产生了商会第四届理事会、监事会及以张长江为会长的新一届商会领导班子，审议通过了商会第四届理事会会费标准、第四届第一次会员代表大会暨第四届第一次理事会全体会议决议等相关事项。

（5）2018年9月7日下午，河南省安徽商会第三届会员代表大会在郑州召开，会议总结了5年来商会的工作，并投票选举出了新一届领导班子，汤武连任河南省安徽商会会长。河南省工商联党组成员、副主席孔火团，新华网河南运营中心总监张志鹏，河南省安徽商会会长汤武、常务副会长彭井思等出席会议。

（6）2018年9月21日下午，以“不忘初心谱新篇、凝心聚力再起航”为主题的杭州市安徽商会第四届第一次会员大会暨第四届第一次理事会在杭州萧山区长安宴国际大酒店西湖厅圆满召开。来自浙皖两省有关领导、特邀嘉宾、商会会员代表、兄弟商会领导等500余人参加了此次盛会，杭州玫隆食品有限公司创始人王秀梅当选为会长。

（7）2018年10月26日，黄岩安徽商会第二届第一次会员大会在黄岩耀达酒店顺利召开。黄岩区人大常委会党组副书记、副主任张建新，区政协党组副书记、副主席童希铎，区委统战部副部长、区工商联党组书记王小玮，区民政局局长杨邦明，区流动人口服务管理局局长应官砝，安徽省工商联会员处主任科员汪东升出席会议。会议听取了第一届理事会工作报告和财务工作报告，审议通过了《黄岩安徽商会章程（草案）》、《会费收取和使用管理规定（草案）》、《第二届第一次会员大会选举办法（草案）》，选举产生了新一届的领导班子和理事会成员。台州市蓝海轴承有限公司总经理高金龙当选为会长。

（8）2018年10月28日下午，沈阳市安徽商会第三届会员大会暨换届大会在安徽商会大楼隆重召开。沈阳市民政局、沈阳市工商联等有关领导亲临会场。曾晓红同志当选为第三届沈阳市安徽商会会长，冯定波同志当选为第三届沈阳市安徽商会秘书长。大会还选举产生了常务副会长8名、副会长22名、理事19名。

（9）2018年12月1日，宁波市亳州商会换届暨第二届第一次会员大会在宁波逸东豪生大酒店隆重举行。宁波市和亳州市领导以及亳州市在甬政界军界翘楚、商界精英，皖籍和亳州籍商会代表以及宁波市亳州商会全体会员300人出席会议。大会选举张显旺为宁波市亳州商会会长，马存浩为执行会长，司松松为常务副会长，褚伟、张永久、刘之合、乔超产、丁磊、武伟为副会长，司海龙为秘书长，马东良为监事会监事长。

（10）2018年12月3日下午，济南市安徽商会第二届第一次会员代表大会在济南市蓝天绿园隆重召开。此次会员代表大会由施高勇主持。济南市安徽商会会长穆小龙做济南市安徽商会第一届理事会工作报告，汇报了商会近三年来的发展状况与取得的成就。大会选举产生了第二届济南市安徽商会领导集体，济南市皖伈缘商贸有限公司董事长穆小龙当选为第二届济南市安徽商会会长。

（11）2018年12月15日，南安市安徽商会第二届理监事会就职典礼在南安永昌大酒店举行，大会选举产生了新一届领导班子，泉州富瓷卫浴有限公司董事长王大会当选为会长。会上还举行了授牌仪式，与会领导分别为新当选的执行会长、监事长、常务副会长、副会长、秘书长等人授牌。此次换届，南安市安徽商会第二届理事会专门设立了帮扶教育基金10万元，该基金将用于支持南安仑苍的扶贫教育事业。

（12）2018年12月16日，新时代、新担当、新起点、新发展——深圳市芜湖商会（海联会）第二届第一次会员大会暨2018年度年会在深圳市麒麟山庄隆重举行。此次大会上，吴经胜当选为会长，郑伟鹤当选为监事长，吴有坤、朱晓风、姚勇当选为轮值执行会长，张翔当选为秘书长，还有10位候选人当选为常务副会长；聘王传福为名誉会长，聘项有志、吴涧兵为名誉副会长，聘吴经武为顾问。

（13）2018年12月29日下午，丹阳市安徽商会隆重召开丹阳市安徽商会第二届第一次会员大会，许礼周连任第二届丹阳市安徽商会会长。

四、商会党建快速发展

2018年，各地徽商（安徽）商会在党建工作方面不断强化，党建工作在商会体系中得到了快速发展，一批异地徽商（安徽）商会纷纷组建党支部，开展丰富多彩的党建活动。截至2018年底，全国徽商共成立基层党组织近80家。商会对各类学习常抓不懈，党建活动规范活跃，得到了当地党组织的充分肯定和表彰。如青海省安徽商会党支部按照青海省非公经济党工委和青海省社会组织党工委的要求，加强党在民营企业和非公经济人士中的执政基础和执政能力，把党支部和党小组建立在会员企业的董事会中，建立在班组和车间中，以党建推动企业的管理和发展。另外，青海省安徽商会党支部连续多年被上级党组织评为“优秀党支部”；湖北省安徽商会党委会多次被评为“先进党组织”；嘉兴市安徽商会党支部以学习“红船精神”为基础，强化支部建设，多次被评为“先进党组织”。

徽商（安徽）商会在强化党建工作的基础上，通过党建抓商会建设，商会平台得到进一步拓展。随着徽商企业的发展壮大，徽商（安徽）商会的平台作用日渐扩大。商会目前普遍的平台功能是创业发展、信息交流和学习提高。商会多年来通过召开会议、媒体宣传、走访调研等多种手段促进平台建设，扩大了徽商的影响力，推动了徽商（安徽）商会的健康发展。

商会制度建设进一步完善规范。如江苏、广东、北京、湖北、陕西、江西、广西、天津、贵州、福建、海南、甘肃、青海、新疆、四川、杭州、大连、宁波、晋城、淄博、盘锦等地50余家徽商（安徽）商会建立健全了学习、会议、财务、走访等各项规章制度。有些商会还实行会长轮值制和年终评议制。常州、无锡、镇江、常熟、昆山、中山等地的安徽商会，多年来围绕做好服务和内部管理，梳理规则细则，健全规章制度，有的还对领导成员实行末位淘汰制，凡年终考核信任度不高者，自动退出领导岗位，这些都促进了商会工作的严肃性和正规化。各地徽商（安徽）商会都在加强制度建设，努力形成既有集中又有民主、既有纪律又有自由的良好局面。

五、商会助推徽商文化传播

徽文化源远流长，博大精深，而徽商文化是徽文化的重要组成部分。党的十九大报告明确了新时代文化建设的指导方针和发展路径，各地徽商组织在徽文化和徽商文化的传播方面起到了很大的作用。如在杭州、深圳、湖北、海南、上海等地组建了相应的徽文化促进会与研究会，它们在传播徽商文化、传承徽商精神等方面起到了重要作用；苏州市安徽商会组织商会成员重走徽杭古道、嘉兴市安徽商会组织商会成员到徽商故里考察交流、宁波市安徽商会组织会员企业到歙县考察交流等，都助推了徽商文化的传播，让新时代的徽商对古徽州书院、徽杭古道、徽派建筑、徽商村落等都有了更深入的了解。

有些徽商（安徽）商会通过设立“徽商大讲堂”或“徽商学院”的形式来传播徽商文化，如南京、常州、杭州、深圳、嘉兴等地的安徽商会；有些徽商（安徽）商会通过徽商会馆、徽商大厦等形式来传播徽商文化，如上海的徽府、北京的华夏徽商联盟、昆山的徽商会馆、嘉兴的安徽大厦、陕西的安徽大厦、黄山旅游集团旗下的徽商故里酒店等；有些徽商（安徽）商会通过论坛来传播地方历史文化，如上海安徽经济文化促进会寿县分会的“春申君”论坛、杭州市安徽商会的徽文化论坛等。

六、16家海外徽商(安徽)商会为皖“牵线搭桥”

自2016年4月，安徽省人民政府外事侨务办公室主推的海外侨胞联络站成为安徽对外合作交流的“超级媒介”，充分发挥了海外侨胞在人才、技术、资金等方面的资源优势，积极助力安徽对外开放发展，拓展了安徽与华侨华人在各领域的交流合作，也密切了安徽与海外侨团的联系。除此之外，各类海外地区的安徽同乡会也成为联谊乡情、交流信息、互帮互助的平台，促进了具有安徽特色的海外文化交流与经济合作。

海外的徽商（安徽）商会都在积极推动其所在国家和地区与安徽的经贸文化交流，为双方合作搭建更多更好的平台，并利用自身资源，为安徽更多的企业和产品“走出去”牵线搭桥。如印度尼西亚安徽商会把砀山梨推向“一带一路”沿线国家，泰国安徽商会在安徽谋划建设泰国特色小镇，等等。截至2018年底，分布在海外地区的徽商（安徽）商会有16家，详情见表1。

表1 海外徽商（安徽）商会

序号	商会名称	成立时间	现任会长
1	柬埔寨安徽商会	2014年	刘忍
2	印度尼西亚安徽商会	2015年	何涛
3	澳大利亚徽商总会	2016年	项翔
4	新西兰徽州商会	—	赵敬平
5	泰国安徽商会	—	汪洋
6	俄罗斯安徽商会	2015年	吴咸宝
7	圣彼得堡安徽商会	—	王晶
8	全美徽商联合会	2017年	沈毅
9	阿联酋安徽商会	2011年	潘尚旭
10	安哥拉安徽商会	2018年	朱祥增
11	英国安徽商会	2012年	庆龙
12	日本徽商协会	2006年	陈建中
13	加拿大安徽总商会	—	俞荧
14	美国安徽商会	2015年	丁茂源
15	菲律宾安徽商会	2018年	刘传伏
16	越南中国商会安徽企业联合会	2018年	袁晓峰

七、安徽省16个地级市异地商会发展快速

截至2018年底，安徽省16个地级市共有异地商会106家（不含安徽本省），这些商会为16个地级市与异地的交流搭建了沟通

平台，在促进两地文化交流与经贸往来、徽商回归等方面起到了重要作用。安徽省16个地级市异地商会（不含安徽本省）名单见表2。

表2 安徽省16个地级市异地商会（不含安徽本省）一览

序号	地级市	商会名称	成立时间
1	合肥	宁波市合肥商会	2015年1月29日
2		常州合肥商会	2015年8月22日
3		无锡市合肥商会	2018年1月21日
4		杭州市合肥商会	2018年5月19日
5		温州市合肥商会	2018年12月31日
6	芜湖	温州市芜湖商会	2012年底
7		厦门市芜湖商会	2012年11月30日
8		深圳市芜湖商会	2014年12月28日
9		南京市芜湖商会	2015年7月18日
10		广东省芜湖商会	2016年1月24日
11		成都芜湖商会	2016年11月27日
12		苏州市芜湖商会	2018年4月23日
13	蚌埠	广东省安徽蚌埠商会	2011年4月
14		上海市蚌埠企业商会	2015年1月18日
15		海南省蚌埠商会	2017年11月25日
16	淮南	广州市淮南商会	2012年6月16日
17		上海市安徽淮南商会	2015年5月31日
18	马鞍山	南京市马鞍山商会	2007年11月

续 表

序号	地级市	商会名称	成立时间
19	马鞍山	上海市马鞍山商会	2015年12月27日
20		徐州市马鞍山商会	2017年12月16日
21	淮北	广东省淮北商会	2016年7月16日
22		河南省安徽商会淮北分会	2018年7月
23		西安市淮北商会	2018年12月
24	铜陵	上海市铜陵商会	2015年5月10日
25		南京市铜陵商会	2016年12月30日
26		深圳市安徽铜陵商会	2018年6月9日
27		桂林铜陵商会	2018年9月
28	安庆	南京市安庆商会	2008年4月29日
29		西安市安庆商会	2011年10月28日
30		湖州市安庆商会	2013年6月6日
31		武汉市安庆商会	2013年12月10日
32		济南市安庆商会	2014年10月17日
33		昆明市安徽安庆商会	2014年11月12日
34		南宁市安庆商会	2014年12月17日
35		珠海市安徽安庆商会	2015年1月24日
36		福州市安庆商会	2016年1月10日
37		深圳市安徽安庆商会	2016年1月10日
38		上海市安庆商会	2016年5月31日
39		徐州市安庆商会	2018年3月16日

续　表

序号	地级市	商会名称	成立时间
40	安庆	义乌市安庆商会	2018年10月14日
41	黄山	杭州市黄山商会	2015年7月19日
42		义乌市徽州商会	2016年10月19日
43		武汉黄山(徽州)商会	2016年10月20日
44		南京市黄山商会	2016年11月8日
45		宁波市徽州商会	2017年1月6日
46		深圳市黄山(徽州)商会	2017年6月23日
47		河北省安徽商会黄山分会	2018年9月17日
48		上海黄山经济文化促进会	2018年11月24日
49	滁州	广东省安徽滁州商会	2011年9月
50		南京市滁州商会	2012年8月17日
51		深圳市安徽滁州商会	2017年1月6日
52		上海市滁州商会	2018年10月20日
53		乌鲁木齐滁州商会	2018年10月26日
54	阜阳	上海市阜阳商会	2007年7月6日
55		南京市阜阳商会	2011年4月
56		深圳市阜阳商会	2014年3月2日
57		济南市阜阳商会	2014年4月
58		河南省安徽商会阜阳分会	2016年4月30日
59		温州市阜阳商会	2016年12月26日
60		西安市阜阳商会	2017年6月18日

续 表

序号	地级市	商会名称	成立时间
61	阜阳	宁波市阜阳商会	2017年8月18日
62		南京阜阳商会界首分会	2018年1月20日
63		海南省阜阳商会	2018年4月28日
64		江门市安徽阜阳商会	2018年5月18日
65		定边县阜阳商会	2018年8月
66		义乌市阜阳商会	2018年8月18日
67		杭州市阜阳商会	2018年9月18日
68		东莞市安徽阜阳商会	2018年10月28日
69		天津市安徽阜阳商会	2018年11月18日
70	宿州	广东省安徽宿州商会	2009年10月
71		深圳市宿州商会	2010年4月18日
72		海口安徽宿州商会	2013年7月
73		南京市宿州商会	2014年3月31日
74		厦门市宿州商会	2015年5月21日
75		温州市宿州商会	2015年7月7日
76		北京宿州企业商会	2017年4月15日
77		西安市宿州商会	2018年1月
78		东莞市安徽宿州商会	2018年1月28日
79		宁波市杭州湾新区宿州商会	2018年7月7日
80	六安	南京市六安商会	2012年8月28日
81		义乌市六安商会	2013年12月24日

续 表

序号	地级市	商会名称	成立时间
82	六安	广东省安徽六安商会	2015年7月
83		温州市六安商会	2016年11月
84		深圳市安徽六安商会	2016年12月15日
85		海南省六安商会	2017年9月
86		上海市六安商会	2018年12月22日
87	亳州	深圳市亳州商会	2014年11月14日
88		上海市安徽亳州商会	2015年6月16日
89		宁波市亳州商会	2015年8月9日
90		昆明市安徽亳州商会	2016年5月29日
91		广东省安徽亳州商会	2017年
92		西安市亳州商会	2017年6月18日
93		杭州市亳州商会	2017年9月17日
94		温州市亳州商会	2017年10月24日
95		天津市安徽亳州商会	2018年5月3日
96		上海市亳州(总)商会谯城分会	2018年6月9日
97		玉林市亳州商会	2018年7月1日
98		廊坊市亳州商会	2018年12月16日
99		乌鲁木齐亳州商会	2018年12月16日
100	池州	宁波市池州商会	2012年5月8日
101		东莞市安徽池州商会	2014年12月7日
102		重庆市安徽池州商会	2016年9月6日

续 表

序号	地级市	商会名称	成立时间
103	池州	沈阳市池州商会	2017年5月20日
104	宣城	南京市宣城商会	2013年2月2日
105		广东省安徽宣城商会	2017年3月18日
106		海口市安徽宣城商会	2017年9月16日

徽商企业

本书中的徽商企业，是指徽商独立创办的企业或控股的企业，包含安徽省内的国资企业。如联想、美的这类企业，理论上不能够算是徽商企业，因为杨元庆和方洪波占的股份较少，但他们个人可以称为徽商或徽商精英；一些安徽籍精英担任央企或省外国资企业总经理的企业也不能称为徽商企业。

一、2018年徽商企业上市情况

自1993年10月18日安徽第一家上市公司美菱电器（现更名为长虹美菱）上市以来，截至2018年5月底，境内徽商企业上市公司总数达103家，在全国排名第九位，在中部地区与湖南省并列第一位；境外徽商企业上市公司共12家，包括远航港口、宝申控股、中国新华教育、徽商银行、飞尚非金属、海螺创业、信义光能、现代牧业、海螺水泥、皖通高速、马钢股份和华米科技，其中纽约证券交易所上市公司1家（华米科技），其余均在香港联合交易所上市。

1.华米科技

2018年2月8日，小米手环生产商华米科技正式登陆纽约证券交易所，证券代码为“HMI”，成为小米生态链首家在美国上市的企业。2013年12月27日，华米科技由北京小米科技有限责任公司和合肥华恒电子科技有限责任公司联合成立，致力于智能可穿戴设备的研发。2014年，华米科技再获雷军和顺为资本的B轮融资，融资额为3500万美元，由高榕资本领投，晨兴资本、红杉资本、顺为资本跟投。现在市面上常见的小米手环、小米体重秤皆出自华米科技之手。小米手环从发布之日起就异常火爆，其79元的超低定价几乎震惊了中国所有手环厂商。从2014年8月到11月，仅仅3个月时间小米手环销量就突破了100万台。几个月后小米手环出货量继续暴涨，达到了每月100万台的规模。根据IDC研究报告，早在2017年第一季度，小米手环出货量就已超越Fitbit，华米科技成为全球最大的可穿戴设备厂商。除此之外，华米科技还推出了自主品牌华米Amazfit运动手表系列产品和Amazfit Oclean One智能牙刷系列产品。

2.长城军工

2018年7月13日，中国证监会按法定程序核准了安徽长城军工股份有限公司（以下简称“长城军工”）的首发申请，筹资总额不超过11亿元。长城军工的前身是安徽长城军工有限责任公司，成立于2000年11月。2012年7月，经安徽省国资委批准，安徽长城军工有限责任公司经股份制改造后，整体变更为安徽长城军工股份有限公司，注册资本57622.84万元。其股权结构为：安徽军工集团控股有限公司74.01%，湖南高新创业投资集团有限公司13%，安徽国海投资发展有限公司7%，中国华融资产管理公司3.64%，中国长城资产管理公司2.35%。

3. 迈瑞生物医疗

2018年7月24日，中国证监会发布第十七届发审委2018年第108次工作会议审核结果公告，深圳迈瑞生物医疗电子股份有限公司（首发）获通过。深圳迈瑞生物医疗电子股份有限公司（后简称迈瑞生物医疗）的总部位于深圳，在中国31个省（自治区、直辖市）设有分公司，在北美、欧洲、亚洲、非洲等地区都设立了子公司。迈瑞生物医疗在全球拥有员工近万人，其中研发人员占比超过20%，外籍员工超过12%，形成了庞大的全球研发、营销和服务网络。迈瑞生物医疗的主营业务覆盖生命信息与支持、体外诊断、医学影像三大领域，通过前沿技术创新，提供更完善的产品解决方案，帮助世界改善医疗条件，提高诊疗效率。自创立以来，迈瑞生物医疗一直保持对研发的高投入，坚持自主掌握核心技术。在多个领域中，迈瑞生物医疗填补了国内行业空白，有力带动了中国医疗行业的整体创新与发展。迈瑞生物医疗始终重视创新发展，打造了全球化的创新交流与实践平台，高效整合全球资源，培养了大批技术领军人才，其生化分析仪关键技术获2008年国家科技进步奖二等奖，流式细胞技术获2013年中国专利金奖，超声剪切波弹性成像关键技术及应用项目获2017年度国家技术发明奖二等奖。迈瑞生物医疗董事长李西廷是安徽砀山人，他带领迈瑞生物医疗成为中国第一家在纽约证券交易所上市的医疗设备公司。李西廷乐善好施，曾多次捐赠医用诊断设备帮助金寨县革命老区基层医院解决设备和技术匮乏的困难，让老区群众真正获得高质量的医疗服务。2016年4月，李西廷向中国科学技术大学捐赠120台市场价值数百万元的自动体外除颤器（AED），使中国科学技术大学成为安徽第一所配备急救装置AED的高校。

4.蔚来汽车

2018年9月12日，蔚来汽车正式在纽约证券交易所挂牌上市。蔚来汽车成立于2014年，创始人李斌为安徽省太湖人。作为中国高端电动汽车市场的领先者，蔚来汽车的使命是通过提供高端智能电动汽车和最好的用户体验，为用户创造愉悦的生活方式。蔚来汽车通过设计、联合制造和销售智能联网的高端电动汽车，推动新一代汽车科技在技术互联、自动驾驶和人工智能方面的创新。蔚来汽车为用户提供全面、便捷、创新的充电解决方案和其他以用户为中心的全面服务，从而重新定义用户体验。2018年，蔚来汽车在中国市场开始正式交付ES8（一款高性能智能电动7座SUV），推出ES6（一款全新的电动5座SUV）。

二、2018年徽商回归

据安徽省发改委合作办统计，2018年徽商回归再创新高，全省5000万元以上在建徽商回归项目335个，总投资额1169.8亿元，实际到位资金307.8亿元，同比增长22.5%。全年新增5000

万元以上项目140个，到位资金144亿元，其中合肥市新增项目30个，到位资金79.5亿元，占比55.2%。全年新增10亿元以上大项目9个，实际到位资金65.7亿元，占比45.6%。

北京丰大集团、苏宁置业集团、汇虹置业集团在皖新增投资总额超过100亿元，主要涉及商业地产、高端养老等产业。

从项目来源看，在建回归项目来源依然以上海、江苏、浙江、广东、北京5省市为主，实际到位资金274.9亿元，占比89.3%。

从项目落地看，在建回归项目主要集中在合肥、六安、芜湖三市，实际到位资金均超过50亿元，总额212.8亿元，占比69.1%。

从产业分布看，第一产业、第二产业、第三产业到位资金分别为12.6亿元、165.2亿元、130.0亿元。和上年同期相比，第一产业、第二产业到位资金基本持平，第三产业到位资金显著提升，增幅为76.2%。

1.徽商回归的“六安经验”

六安市徽商回归资金多年来位居全省第一方阵，2015至2017年连续三年获全省第一，2018年获全省第二。

六安的具体做法主要有：

一是构建大招商平台。组建16个六安市在外人才协会，支持设立多家异地六安商会，与14家安徽异地商会签订战略合作协议。2018年，新引进徽商回归项目19个，总投资29.5亿元，到位资金21.6亿元，分别占在建项目总量的39.6%、17.5%和29.2%。其中亿元以上项目15个，总投资5亿元的瑞科玛年产

3GWH汽车锂电池项目、总投资3.9亿元的天龙创业园综合项目等纷纷落户。

二是打造大回归格局。指导县区因地制宜精准制定招商政策，参加或举办世界制造业大会、“百家民企进皖西”、人才协会年会等活动，力争产业、资本、科技、人才全面回归。2018年，徽商回归项目三次产业比例分别为8.3：72.9：18.8，其中第二产业项目35个，总投资128.2亿元，实际到位资金60.7亿元，分别占在建项目总数的72.9%、76.1%、82%，主要涉及电子信息、交通运输设备、绿色食品加工、轻纺加工等行业。

三是拓展大承接空间。突出长三角、珠三角等重点区域，组建百余支专业招商队伍加速承接。截至2018年，全市徽商回归资金主要来源地为苏、沪、浙、粤、鄂5省市，共投资项目43个，总投资52.6亿元，到位资金21.8亿元，分别占在建项目总数的77.1%、50.3%、33.1%。主要承接地为金安区、金寨县、霍邱县，协议投资额分别为30.4亿元、25.4亿元、16.6亿元。

2.歙县实施新徽商回归工程

2018年2月9日，歙县举办了2018年歙县旅外人才家乡行活动，来自海内外的100多名徽商以及部分教授、学者汇聚歙县饭店。宁波市徽州商会会长方立年亲自带领副会长王自裕、吴国海、王胜定、江龙、许旭升、何玉洪和秘书长姚辉等，共计11人参加了此次活动。2月9日上午歙县副县长吴立民亲自带领100多名旅外徽商以及部分教授、学者考察参观了歙县的溪头镇蓝田村、县经济开发区和徽州古城，让大家充分了解歙县的乡村资源、工业发展状况以及徽文化保护和传承的可喜成就，并向大家介绍了歙县县委、县政府关于县域经济的三个发展方向：新型工业、旅游+、精致农业。

2月9日下午举办了2018年歙县旅外人才家乡行暨“招商引智”推介恳谈会。歙县县委副书记程前首先致欢迎辞，接着徽商代表宣读了倡议书，随后播放专题宣传片——《老家》，厚重的徽文化、美丽的新安江和良好的投资环境，让在场的许多徽商动容。歙县县委副书记、县长李忠向宁波市徽州商会会长方立年等10名徽商精英以及教授、学者颁发了“招商引智”顾问聘书。

在接下来的活动中，9名徽商代表以及教授、学者先后上台发言，献计献策，畅所欲言。上海复旦大学洪晓武教授，就产学研紧密结合发表了个人见解。浙江大合国际控股集团董事长、杭州市黄山商会会长徐立辉对歙县县委县政府亲商爱商的做法表示感谢，并就徽文化与产业完美链接提出了个人意见。武汉惠尔邦公司董事长、武汉黄山（徽州）商会副会长王香春表态，要尽游子之力把资源带回家乡歙县，尽力在新农村建设方面落实一个项目。

安徽大地建设投资控股有限公司董事长、合肥歙县商会会长凌利宏表示，要精准找寻好项目，并与互联网、智能化嫁接，带动家乡歙县的经济发展。南京棠越公司总经理、南京市黄山商会副会长王刚说，自己是做干货生意的，也要尽自己所能为家乡歙县的发展出力。

宁波天行者投资管理有限公司董事长、宁波市徽州商会秘书长姚辉分析了浙商成功的经验，表示要利用宁波与家乡的地缘优势，尽力带浙江财团来歙县考察投资。

义乌市徽州商会会长吴耀提出，歙县要学习借用义乌的成功经验，不断创新，徽文化的底蕴可以让歙县的发展潜力更加巨大。

宁波恒隆高科信息科技有限公司董事长、宁波市徽州商会副会长江龙作为“80后”创业的成功者，表示其公司将支持歙县的电商发展，并在恰当的时机，回报家乡歙县。

歙县积极打造新徽商回归工程，大力引导歙籍在外优秀企业家返乡创业，为旅外人才共谋家乡发展、共享家乡服务搭建平台。一大批在外“新徽商”成为助力歙县发展的有生力量和县域经济高质量发展的“助推器”。

走进位于街口镇前山村的“新安计划”——儒医谷项目地，只见在陡峭的山间，一座座土楼接连成片，错落有致，土黄色的墙体，原始质朴，不加掩饰，更显皖南山村独特韵味。项目负责人何智铭正和同事们一起商议近期施工方案。自2018年4月宣布开工建设以来，项目方共流转土地500亩，投入资金1000多万元，整个项目建设有序推进。目前项目方正集中人力、财力对整个“新安计划”的核心点儒医谷进行重点建设，力争尽早完成工程建设任务并投入使用。作为2018年歙县旅外人才返乡创业的重点项目，整个“新安计划”——儒医谷项目将投入建设资金5.5亿元，以中医药公益教育和徽学实践为基础，实施新安医学复兴计划，为尽快承接“千人计划”筑起良好的发展平台。“千人计划”是“新安计划”中最重要的一个项目，具体内容是每年招50个4到6岁的儿童，让他们从小在新安医学的发源地耳濡目染新安医学文化。“新安计划”——儒医谷项目计划将儒医谷建设成为国际中医传承保护基地、国际徽学传承研究中心、国际中草药研发基地和中国古村落文化保护示范点，集新安医学教育、文化旅游和中医院康养为一体，使儒医谷成为新安医学的传承和复兴之地。

三、2018《财富》世界500强及中国500强中的徽商企业

2018年7月19日，《财富》世界500强排行榜发布，其中中国公司有120家上榜，居全球第2位，徽商企业正威国际集团排名第111位，苏宁易购集团排名第427位，安徽本土没有企业入围。徽商精英操盘的联想集团排名第240位，美的集团排名第323位。

2018年7月10日，财富中文网发布2018《财富》中国500强排行榜，其中8家皖企（以公司地址计）上榜，分别为铜陵有色金属集团股份有限公司（排名第93位）、安徽海螺水泥股份有限公司（排名第103位）、马鞍山钢铁股份有限公司（排名第107位）、安徽江淮汽车集团股份有限公司（排名第163位）、安徽水利开发股份有限公司（排名第208位）、徽商银行股份有限公司（排名第325位）、众泰汽车股份有限公司（排名第352位）、安徽辉隆农资集团股份有限公司（排名第484位）。另外，徽商企业中，苏宁易购集团排名第44位，比亚迪排名第76位，徽商银行成为榜单中利润率最高的徽商企业。

四、2018中国企业500强中的徽商企业

2018年9月2日，中国企业联合会、中国企业家协会发布了

2018中国企业500强榜单，其中有16家徽商企业上榜，名单见表3。

表3　2018中国企业500强中的徽商企业

序号	企业名称	排名
1	苏宁控股集团有限公司	17
2	正威国际集团有限公司	27
3	铜陵有色金属集团控股有限公司	116
4	安徽海螺集团有限责任公司	127
5	比亚迪股份有限公司	155
6	马钢(集团)控股有限公司	213
7	淮南矿业(集团)有限责任公司	219
8	奇瑞控股集团有限公司	245
9	淮北矿业(集团)有限责任公司	276
10	深圳光汇石油集团股份有限公司	305
11	安徽江淮汽车集团控股有限公司	325
12	安徽建工集团有限公司	392
13	安徽新华发行(集团)控股有限公司	399
14	安徽国贸集团控股有限公司	426
15	中科电力装备集团有限公司	437
16	安徽省皖北煤电集团有限责任公司	465

五、2018中国民营企业500强中的徽商企业

2018年8月29日，全国工商联发布了2018中国民营企业500强榜单和《2018中国民营企业500强调研分析报告》。据统计，本次上榜的徽商企业共8家（见表4），其中安徽省外徽商企业上榜4家。苏宁控股集团有限公司、正威国际集团有限公司分别位列第2位和第3位，苏宁环球集团有限公司、比亚迪股份有限公司也位列榜单前40名。本土安徽企业上榜4家，分别是文一投资控股集团、安徽国购投资集团、众泰汽车股份有限公司、山鹰国际控股股份公司。

表4　2018中国民营企业500强中的徽商企业

序号	企业名称	排名
1	苏宁控股集团有限公司	2
2	正威国际集团有限公司	3
3	苏宁环球集团有限公司	25
4	比亚迪股份有限公司	37
5	文一投资控股集团	247
6	安徽国购投资集团	355
7	众泰汽车股份有限公司	361
8	山鹰国际控股股份公司	443

另外，在2018中国民营企业制造业500强榜单中，徽商企业上榜13家；在2018中国民营企业服务业100强榜单中，徽商企业上榜3家。

六、2018广东企业500强中的徽商企业

2018年8月9日，2018广东企业500强、优秀自主品牌发布大会在广州举行。在大会公布的榜单中，有11家徽商企业光荣上榜，名单见表5。

表5 2018广东企业500强中的徽商企业

序号	企业名称	排名
1	正威国际集团有限公司	5
2	比亚迪股份有限公司	20
3	深圳市长盈精密技术股份有限公司	158
4	深圳市英唐智能控制股份有限公司	179
5	易事特集团股份有限公司	181
6	广东劲胜智能集团股份有限公司	203
7	广东科达洁能股份有限公司	215
8	广东德豪润达电气股份有限公司	263
9	深圳天源迪科信息技术股份有限公司	338
10	深圳达实智能股份有限公司	371
11	深圳歌力思服饰股份有限公司	419

徽商人物

2018年是中国改革开放40周年，各行各业徽商精英人物出现在媒体的头条，傻子瓜子年广久、比亚迪王传福、科大讯飞刘庆峰、苏宁控股张近东、安徽南翔集团余渐富5位徽商登上“改革开放40年百名杰出民营企业家”榜单，此榜单由中央统战部、全国工商联共同发布。

苏宁环球集团董事长张桂平当选为民革中央企业家联谊会会长，易事特集团董事长何思模当选为中国民主建国会第十一届中央委员会企业委员会副主任、新技术产业与制造业专委会主任。徽商精英人物引领多个产业，如智能语音领域中的刘庆峰、二手车领域中的杨浩涌、人工智能领域中的印奇、特色小镇领域中的刘浩、电商领域中的章燎原、新能源汽车领域中的王传福、白酒领域中的梁金辉、互联网全域旅游领域中的洪清华等，都频频出现在各类媒体的头条或封面上，他们都在为徽商代言。

一、多位徽商当选为当地工商联副主席

截至2018年底，多位徽商当选为当地工商联副主席。

在全国工商联副主席名单中，徽商精英张近东名列其中；在省级工商联副主席名单中，王文银、王传福当选为广东省工商联副主席，张近东当选为江苏省工商联副主席，李井海当选为江西省工商联副主席。

安徽省工商联副主席名单中的徽商精英有余渐富（安徽南翔集团董事长）、刘庆峰（科大讯飞股份有限公司董事长）、李贵华（合肥华威药业有限公司董事长）、杨桂生（合肥杰事杰新材料股份有限公司董事长）、赵玉秀（安徽恒信集团董事长）、王坤（安徽华力建设集团有限公司董事长）、王光平（安徽光太实业集团有限公司总裁）、尤加林（安徽加林农机有限责任公司董事长）、吴信林（安徽世达文化产业投资集团董事长）、徐进（安徽口子酒业股份有限公司董事长）、黄炳根（安徽红达集团董事长）、余竹云（安徽中环控股集团有限公司董事长）、施卫东（安徽德力日用玻璃股份有限公司董事长）、徐珍玉（安徽朗坤物联网有限公司董事长）、王晓云（安徽铜峰电子集团有限公司董事长）、刘屹（安徽艾可蓝环保股份有限公司董事长）、潘保春（合肥荣事达电子电器集团有限公司董事长）。

在嘉兴，徽商张保全、刘泳当选为嘉兴市工商联副主席；在深圳，徽商王文银当选为深圳市工商联副主席；在南京，徽商张近东当选为南京市工商联主席，徽商江楠当选为南京市工商联副主席；在上海，徽商李国柱当选为奉贤区工商联副主席。

二、多位徽商入选当地年度经济人物

在由中国经济人物网联合环球时报社、民革中央企业家联谊会、中国亚洲经济发展协会、世界中国工商总会共同主办，专业品牌评价机构Asia Brand协办的“2018中国经济高峰论坛暨第十六届中国经济人物年会”中，全国政协委员、苏宁环球集团董事长张桂平荣膺“2018中国经济年度人物”。

2018年6月30日，由央视财经频道主办的“改革开放40年·致敬中国汽车人物”盛典在北京举行，数千名汽车行业权威专家、企业代表、汽车行业一线工匠，近百名媒体代表，共同见证了活动的隆重启动。本次“改革开放40年·致敬中国汽车人物”盛典邀请汽车产学研专家以及相关媒体精英组成了权威的“推选委员会”，同时对社会各界发起了一线汽车产业人物的众筹，最终通过推选委员会投票、网友投票等方式，推选出了改革开放40年中对中国汽车产业发展起到重要推动作用的人物。这次盛典中徽商车企表现突出，其中，奇瑞公司党委书记、董事长尹同跃荣获“中国汽车人物”荣誉称号，江淮公司10位汽车工匠汪清、徐瑞雪、程韬、陈凯、杜坤、沈静、盛保柱、魏兆峰、吴江、许德稳也在此次盛典中被评为“中国汽车一线工匠”，江淮汽车机电维修工程师汪清作为代表上台领奖。

2019年1月26日晚，由安徽广播电视台主办的“口子窖·我们的奋斗”2018安徽年度经济人物颁奖盛典在安徽广播电视台演播大厅举行。2018安徽年度经济人物名单见表6。

表6　“口子窖·我们的奋斗”2018安徽年度经济人物名单

序号	人物	简介
1	潘保春	合肥荣事达电子电器集团有限公司董事长
2	严余山、关正景、韩苗苗	凤阳县小岗村“包二代”群体

续 表

序号	人物	简介
3	王传霖	中铁四局集团有限公司总经理
4	陈志山(新加坡籍)	康宁显示科技(中国)总裁
5	“追光兄弟”韩东成、范超	安徽省东超科技有限公司董事长、 安徽省东超科技有限公司总经理
6	李朝阳	安徽省直扶贫干部, 池州市石台县七都镇河口村党总支第一书记
7	姚崇全	合肥皖化电机技术开发有限责任公司董事长
8	杨帆	溜溜果园集团股份有限公司董事长兼总裁
9	张丽	安徽三宝纺织有限公司董事长
10	阜阳柳编父子李东猛、李明	阜南猛发工艺品有限公司总经理、 安徽信达家居有限公司总经理

2018年5月21日，为向改革开放40周年献礼，酒业家传媒联合吴晓波频道在北京举办“致敬改革开放40周年——中国酒业改革开放40年功勋企业、功勋人物颁奖盛典暨重大成果展”。此次成果展中还举办了“中国酒业改革开放40年功勋人物评选”活动，从7个维度（行业贡献、经济贡献、领导力、管理创新、产品创新、商业模式创新、品类创新）评选出“中国酒业改革开放40年功勋企业”“中国酒业改革开放40年功勋人物”，向推动中国酒业发展的功勋企业和功勋人物致敬。

安徽口子酒业股份有限公司、安徽迎驾贡酒股份有限公司、安徽宣酒集团有限公司荣获“中国酒业改革开放40年功勋企业”称号，中国酿酒大师、安徽迎驾集团总裁倪永培，安徽口子酒业股份有限公司董事长、总经理徐进，安徽宣酒集团有限公司董事长李健荣获“中国酒业改革开放40年功勋人物”称号。

三、多位徽商入选2018年胡润、福布斯富豪榜

2018年10月10日，胡润研究院发布了2018胡润百富榜，这是胡润研究院自1999年以来连续第20次发布胡润百富榜，上榜门槛连续第六年保持在20亿元。2018年共有1893位企业家财富超过20亿元，比去年减少11%（237人），其中9位徽商精英入围2018胡润百富榜（见表7）。

表7　2018胡润百富榜中的徽商精英

序号	姓名	关联企业	籍贯	主营业务	财富(人民币)	排名
1	李彦宏、马东敏	百度	合肥	搜索引擎	1150亿	9
2	王文银家族	正威国际	安庆	有色金属	1100亿	10
3	张近东	苏宁	天长	零售、房地产	950亿	13
4	史玉柱、史静	巨人	怀远	金融、在线游戏、投资	400亿	53
5	吕向阳、张长虹	融捷投资	当涂	投资	320亿	82
6	季昌群	丰盛控股	当涂	房地产	300亿	89
7	王传福	比亚迪	无为	汽车、充电电池	290亿	99

2018年10月25日，福布斯发布了最新的2018福布斯中国400富豪榜，其中有11位徽商精英上榜（见表8），本土徽商企业中仅美亚光电的田明入选。

表8　2018福布斯中国400富豪榜中的徽商精英

序号	姓名	公司	财富(人民币)	排名
1	王文银	正威国际	772.8亿	13
2	张近东	苏宁	448.5亿	28
3	季昌群	南京丰盛集团	289.8亿	50
4	王传福	比亚迪	276亿	55
5	吕向阳	融捷投资、比亚迪	138亿	137
6	李西廷	迈瑞医疗	122.1亿	159
7	田明	美亚光电	89.7亿	239
8	史玉柱	巨人集团	89.7亿	239
9	李斌	蔚来汽车	86.9亿	249
10	张桂平家族	苏宁环球集团	69.7亿	333
11	方洪波	美的集团	59亿	395

四、改革开放四十周年百名风云徽商

2018年5月25日，在2018中国国际徽商大会·徽商论坛现场，“改革开放四十周年百名风云徽商”榜单正式发布。本次活动由安徽省企业家联合会、安徽国际徽商交流协会、决策杂志社（安徽创新发展研究院）共同主办。历时两个多月，经过提名、推荐、网络投票、专家评审等严格程序，“改革开放四十周年百名风云徽商”最终产生。“改革开放四十周年百名风云徽商”分为“功勋徽商”“卓越徽商”“新锐徽商”三个部分。

1.功勋徽商

“功勋徽商”的评定标准：突破力，思维藩篱和陈旧规则的打破者；革新力，新时代和新行业的开创者；号召力，经济发展里程碑式刻度的标注者。

“功勋徽商”颁奖词：他们启航于改革伊始的春风中，发扬“徽骆驼”精神，续写着徽商传奇；他们是砥砺前行的开拓者，以探路者的智慧、实践家的雄才，改变了工商业发展的风向；他们是标注历史刻度的“功勋徽商”。今天，致敬他们的坚韧与信念，情怀与担当。正是他们的勇于革新，在中国商业史上写下了属于徽商的浓墨重彩。

荣获“功勋徽商”称号的15名徽商企业家见表9。

表9　改革开放四十周年百名风云徽商中的“功勋徽商”

序号	姓名	简介
1	年广久	傻子瓜子创始人
2	宣中光	扬子集团原总经理
3	张近东	苏宁控股集团董事长
4	张桂平	苏宁环球股份有限公司董事长
5	夏鼎湖	中鼎控股集团创始人、董事长
6	张巨声	美菱集团原董事长
7	陈荣珍	荣事达集团原董事长
8	李炜	安徽国祯环保节能科技股份有限公司董事会主席
9	左延安	江淮汽车公司原董事长
10	余渐富	安徽南翔集团创始人

续 表

序号	姓名	简介
11	华冠雄	安徽华茂集团原董事长
12	史玉柱	巨人集团董事长
13	郭文叁	海螺集团原董事长
14	吴大香	安徽丰大集团董事长
15	姜万勐	安徽万燕公司创始人

2.卓越徽商

“卓越徽商”的评定标准：领先力，开拓商业新版图的重量级领军者；推动力，产业升级和经济转型的推动者；持续力，可持续增长机制和基业长青的构建者。

“卓越徽商”颁奖词：他们在开放大潮中投身商海，是勇立潮头的创业者；他们把握市场机遇敢闯敢试，在波澜壮阔的商海征程中，经过20多年的市场磨砺，成长为所在行业的领军型企业家；他们是产业转型升级的推动者，用现代生产方式改变了人们的生活方式，重塑了中国的商业版图。今天，我们向引领时代的“卓越徽商”致敬！

荣获“卓越徽商”称号的50名徽商企业家见表10。

表10　改革开放四十周年百名风云徽商中的“卓越徽商”

序号	姓名	简介
1	王传福	比亚迪股份有限公司董事局主席
2	方洪波	美的集团董事长
3	王文银	正威国际集团董事局主席

续 表

序号	姓名	简介
4	吕向阳	融捷投资控股集团有限公司董事长
5	尹同跃	奇瑞汽车有限公司董事长
6	王志彬	安徽中烟工业有限责任公司总经理
7	王军	安徽华源医药集团股份有限公司董事长
8	何思模	广东易事特电源股份有限公司董事长
9	李西廷	深圳迈瑞生物医疗电子股份有限公司总裁
10	吴福庆	深圳至正文博集团有限公司董事长
11	孙尚传	深圳大富科技股份有限公司董事长
12	许生	深圳豪威科技集团董事长
13	杨桂生	上海杰事杰新材料(集团)股份有限公司董事长
14	李士发	上海宇培(集团)有限公司董事长
15	江宝全	南京金箔控股集团有限责任公司董事长
16	彭寿	中国建材国际工程集团有限公司董事长
17	沈基水	同庆楼餐饮股份有限公司董事长
18	周夏耘	安徽亚夏实业股份有限公司董事长
19	田明	合肥美亚光电技术股份有限公司董事长
20	金国清	安徽省司尔特肥业股份有限公司董事长
21	倪永培	安徽迎驾集团董事长
22	宁中伟	安徽金种子集团有限公司董事长
23	徐进	安徽口子酒业股份有限公司董事长
24	梁金辉	安徽古井集团有限责任公司董事长

续 表

序号	姓名	简介
25	蒋会成	海南第一投资控股集团有限公司董事长
26	李井海	江西省徽商资产管理集团执行董事
27	马占军	国药控股湖北有限公司董事
28	汤武	河南省徽商实业集团有限公司原董事长
29	李克兵	山西威越房地产开发有限公司第一分公司董事长
30	张保全	嘉兴徽商置业有限公司董事长
31	张金龙	西安旗舰五交化有限责任公司董事长
32	余向东	广西中盟东方投资有限公司董事长
33	宋礼华	安徽安科生物工程(集团)股份有限公司董事长
34	周文育	文一投资控股集团董事长
35	杨俊斌	安徽富煌集团董事长
36	袁启宏	安徽国购投资集团董事局主席
37	李荣杰	安徽丰原集团有限公司董事长
38	王志邦	安徽贝克联合制药有限公司董事长
39	赵 宽	安徽天康(集团)股份有限公司董事长
40	陈先保	合肥华泰集团股份有限公司董事长
41	杜应流	安徽应流集团霍山铸造有限公司董事长
42	曹仁贤	阳光电源股份有限公司董事长
43	潘一新	安徽环新集团股份有限公司董事长
44	朱慧秋	安徽省华信生物药业股份有限公司董事长
45	吴福胜	安徽皖维集团有限责任公司董事长

续 表

序号	姓名	简介
46	刘庆峰	科大讯飞股份有限公司董事长
47	余永发	安徽曙光化工集团董事长
48	程明	福建晨明集团有限公司董事长
49	刘伟	兰州大青山蔬菜瓜果批发市场服务有限公司董事长
50	刘汉如	华菱星马汽车(集团)股份有限公司董事长

3.新锐徽商

“新锐徽商”的评定标准：前瞻力，新产业和新技术的掌控者；先锋力，新业态和新模式的领舞者；成长力，用创新投资未来的追梦人。

“新锐徽商”颁奖词：他们是新时代的弄潮儿，是推动变革的先锋势力，在变化中追梦未来；他们锐意创新，与时俱进，抢占时代先机，开创经济新模式；他们在“互联网+”的新“风口”上玩转跨界，融合传统与现代，引领创业新热潮；他们是新一代的徽商开拓者，在新技术、新产品、新业态、新模式、新经济领域开拓出一片新天地。今天，向“新锐徽商”致敬！

荣获“新锐徽商”称号的35名徽商企业家见表11。

表11 改革开放四十周年百名徽商中的“新锐徽商”

序号	姓名	简介
1	潘保春	合肥荣事达电子电器集团有限公司董事长
2	黄汪	安徽华米信息科技有限公司首席执行官
3	章燎原	安徽三只松鼠电子商务有限公司创始人、首席执行官

续 表

序号	姓名	简介
4	李缜	国轩控股集团有限公司董事长
5	刘磅	深圳达实智能股份有限公司董事长
6	周勇	深圳赛为智能股份有限公司董事长
7	王健	广东劲胜智能集团股份有限公司总经理
8	王硕朋	广州勤天地产集团有限公司董事长
9	张维	基石资产管理股份有限公司董事长
10	陈继武	上海凯石益正资产管理有限公司董事长
11	聂建明	上海恒实投资集团有限公司董事长
12	王小飞	中科电力装备集团有限公司董事长
13	胡优华	华艺生态园林股份有限公司董事长
14	焦贤才	合肥宝湾国际物流中心有限公司总经理
15	余竹云	安徽中环控股集团有限公司董事长
16	李厚文	安徽国厚金融资产管理股份有限公司董事长
17	商晓波	安徽鸿路钢结构(集团)公司董事长
18	刘屹	安徽艾可蓝环保股份有限公司董事长
19	董永东	科大国创软件股份有限公司董事长
20	戴威	OFO共享单车创始人兼首席执行官
21	王辉	大唐辉煌传媒有限公司董事长
22	杨浩涌	赶集网联合创始人、58同城联席董事长
23	洪清华	景域驴妈妈集团董事长
24	刘会平	中饮巴比食品股份有限公司董事长

续 表

序号	姓名	简介
25	季昌群	南京丰盛产业控股集团有限公司董事长
26	谢玉成	上海新龙成集团有限公司董事长
27	吴献忠	上海电能电气(集团)有限公司董事长
28	邰正彪	泰尔重工股份有限公司董事长
29	束小龙	安徽老乡鸡餐饮有限公司总经理
30	张琴	安徽荃银高科种业股份有限公司董事长
31	陈广川	同曦集团有限公司董事长
32	朱中华	安徽博达传媒有限公司董事长
33	孙志勇	志邦家居股份有限公司董事长
34	许礼进	埃夫特智能装备股份有限公司董事长

徽商制造

一、徽商制造上榜各类榜单

这里的徽商制造主要是指在制造领域内的徽商企业。伴随安徽制造业大省、制造业强省的目标不断推进，徽商制造也在发出最强音，各类榜单中不乏徽商制造。

1.18家徽商企业入选2018中国制造业500强

2018年9月2日，中国企业联合会、中国企业家协会发布2018中国制造业500强榜单，其中有18家徽商企业上榜（见表12）。

表12　2018中国制造业500强中的徽商企业

序号	企业名称	排名
1	正威国际集团有限公司	6
2	铜陵有色金属集团控股有限公司	42
3	安徽海螺集团有限责任公司	46
4	比亚迪股份有限公司	61

续 表

序号	企业名称	排名
5	马钢(集团)控股有限公司	107
6	奇瑞控股集团有限公司	155
7	深圳光汇石油集团股份有限公司	137
8	安徽江淮汽车集团控股有限公司	151
9	中科电力装备集团有限公司	210
10	山鹰国际控股股份公司	354
11	安徽中鼎控股(集团)股份有限公司	406
12	合肥鑫晟光电科技有限公司	409
13	安徽淮海实业发展集团有限公司	412
14	铜陵精达铜材(集团)有限责任公司	440
15	安徽楚江科技新材料股份有限公司	450
16	安徽天康(集团)股份有限公司	484
17	铜陵化学工业集团有限公司	495
18	安徽叉车集团有限责任公司	497

2.13家徽商企业入选2018中国民营企业制造业500强

2018年8月29日，全国工商联发布了2018中国民营企业制造业500强榜单，其中有13家徽商企业上榜（见表13）。

表13 2018中国民营企业制造业500强中的徽商企业

序号	企业名称	排名
1	正威国际集团有限公司	2

续 表

序号	企业名称	排名
2	比亚迪股份有限公司	18
3	众泰汽车股份有限公司	211
4	山鹰国际控股股份公司	255
5	安徽中鼎控股(集团)股份有限公司	331
6	铜陵精达铜材(集团)有限责任公司	376
7	安徽楚江科技新材料股份有限公司	381
8	芜湖长信科技股份有限公司	385
9	安徽蓝德集团股份有限公司	412
10	安徽天康(集团)股份有限公司	426
11	阳光电源股份有限公司	447
12	安徽环新集团有限公司	476
13	安徽省贵航特钢有限公司	498

3.2家徽商企业入选2017中国医药工业百强

2018年8月4日，在上海举办的2018年（第35届）全国医药工业信息年会上，工信部中国医药工业信息中心正式发布了备受业界关注的2017中国医药工业百强榜单。这次上榜的百强名单中，有2家徽商企业，分别是悦康药业集团有限公司（排名第52位）和安徽丰原集团有限公司（排名第98位）。

4.5家徽商企业入选2018中国电子信息百强企业

2018年7月31日，中国电子信息行业联合会在国家工信部指导下，发布了2018中国电子信息百强企业榜单，其中有5家徽商企业上榜（见表14）。

表14　2018中国电子信息百强企业中的徽商企业

序号	企业名称	排名
1	比亚迪股份有限公司	4
2	铜陵精达铜材(集团)有限责任公司	63
3	芜湖长信科技股份有限公司	65
4	阳光电源股份有限公司	70
5	安徽天康(集团)股份有限公司	72

5.3家徽商企业入选2018中国电池行业百强企业

中国化学与物理电源行业协会根据企业申报数据和上市公司年报数据，经审核评定发布了2018中国电池行业百强企业名单，其中有3家徽商企业上榜（见表15）。

表15　2018中国电池行业百强企业中的徽商企业

序号	企业名称	排名
1	比亚迪股份有限公司	5
2	合肥国轩高科动力能源有限公司	26
3	华霆(合肥)动力技术有限公司	63

6.12家徽商企业入选2018中国能源集团500强

中国能源集团500强榜单发布活动是《中国能源报》与中国能源经济研究院共同推出的大型公益评选活动，已连续开展九届。

2018中国能源集团500强榜单中有12家徽商企业上榜（见表16）。

表16　2018中国能源集团500强中的徽商企业

序号	企业名称	排名
1	淮南矿业(集团)有限责任公司	48
2	淮北矿业(集团)有限责任公司	55
3	深圳光汇石油集团股份有限公司	62
4	皖北煤电集团有限责任公司	87
5	安徽省能源集团有限公司	148
6	安徽天康(集团)股份有限公司	208
7	比亚迪股份有限公司	218
8	安徽中普石油能源有限公司	237
9	易事特集团股份有限公司	250
10	国轩高科股份有限公司	291
11	安庆市泰发能源科技有限公司	345
12	合肥燃气集团有限公司	440

7.2018安徽省百强高新技术企业名单

安徽省科技厅高新技术企业认定管理工作领导小组办公室依据国家火炬计划统计数据，以2018年企业总收入为入围标准，公布了2018安徽省百强高新技术企业名单（见表17）。

表17　2018安徽省百强高新技术企业名单

序号	企业名称	所在市
1	安徽江淮汽车集团股份有限公司	合肥市

续 表

序号	企业名称	所在市
2	奇瑞汽车股份有限公司	芜湖市
3	格力电器(合肥)有限公司	合肥市
4	淮北矿业股份有限公司	淮北市
5	中国十七冶集团有限公司	马鞍山市
6	芜湖美智空调设备有限公司	芜湖市
7	合肥鑫晟光电科技有限公司	合肥市
8	合肥京东方光电科技有限公司	合肥市
9	合肥美的洗衣机有限公司	合肥市
10	中建四局第六建筑工程有限公司	合肥市
11	合肥晶澳太阳能科技有限公司	合肥市
12	阳光电源股份有限公司	合肥市
13	长虹美菱股份有限公司	合肥市
14	格力电器(芜湖)有限公司	芜湖市
15	芜湖美的厨卫电器制造有限公司	芜湖市
16	临涣焦化股份有限公司	淮北市
17	安徽合力股份有限公司	合肥市
18	中国化学工程第三建设有限公司	淮南市
19	山鹰国际控股股份公司	马鞍山市
20	合肥华凌股份有限公司	合肥市
21	中铁十局集团第三建设有限公司	合肥市
22	合肥惠科金扬科技有限公司	合肥市

续 表

序号	企业名称	所在市
23	安徽昊源化工集团有限公司	阜阳市
24	安徽美芝精密制造有限公司	芜湖市
25	合肥美的暖通设备有限公司	合肥市
26	合肥海尔电冰箱有限公司	合肥市
27	奇瑞新能源汽车技术有限公司	芜湖市
28	安徽康佳电子有限公司	滁州市
29	合肥国轩高科动力能源有限公司	合肥市
30	中国能源建设集团安徽电力建设第二工程公司	合肥市
31	安得智联科技股份有限公司	芜湖市
32	安徽省公路桥梁工程有限公司	合肥市
33	安徽鸿路钢结构(集团)股份有限公司	合肥市
34	安徽四创电子股份有限公司	合肥市
35	中国电子科技集团公司第三十八研究所	合肥市
36	天能电池集团(安徽)有限公司	阜阳市
37	安徽华菱汽车有限公司	马鞍山市
38	惠而浦(中国)股份有限公司	合肥市
39	安徽楚江高新电材有限公司	芜湖市
40	安徽楚江科技新材料股份有限公司	芜湖市
41	信义光伏产业(安徽)控股有限公司	芜湖市
42	大陆马牌轮胎(中国)有限公司	合肥市
43	通威太阳能(合肥)有限公司	合肥市

续 表

序号	企业名称	所在市
44	合肥宝龙达信息技术有限公司	合肥市
45	合肥长安汽车有限公司	合肥市
46	安徽金禾实业股份有限公司	滁州市
47	科大讯飞股份有限公司	合肥市
48	中铁四局集团电气化工程有限公司	蚌埠市
49	东华工程科技股份有限公司	合肥市
50	安徽华塑股份有限公司	滁州市
51	合肥凌达压缩机有限公司	合肥市
52	安徽华米信息科技有限公司	合肥市
53	合肥海尔空调器有限公司	合肥市
54	芜湖东旭光电装备技术有限公司	芜湖市
55	安徽六国化工股份有限公司	铜陵市
56	安徽理士电源技术有限公司	淮北市
57	合肥京东方显示技术有限公司	合肥市
58	安徽全柴动力股份有限公司	滁州市
59	格力电工(马鞍山)有限公司	马鞍山市
60	安徽鑫科铜业有限公司	芜湖市
61	安徽天康(集团)股份有限公司	滁州市
62	马钢集团矿业有限公司	马鞍山市
63	安徽皖维高新材料股份有限公司	合肥市
64	安徽安凯汽车股份有限公司	合肥市

续 表

序号	企业名称	所在市
65	安徽富煌钢构股份有限公司	合肥市
66	奇瑞商用车(安徽)有限公司	芜湖市
67	安徽中鼎密封件股份有限公司	宣城市
68	大陆汽车电子(芜湖)有限公司	芜湖市
69	安徽佳通乘用子午线轮胎有限公司	合肥市
70	安徽省路港工程有限责任公司	合肥市
71	安徽海德化工科技有限公司	马鞍山市
72	讯飞智元信息科技有限公司	合肥市
73	安徽晋煤中能化工股份有限公司	阜阳市
74	安徽省司尔特肥业股份有限公司	宣城市
75	安徽美芝制冷设备有限公司	合肥市
76	安徽三安光电有限公司	芜湖市
77	芜湖中集瑞江汽车有限公司	芜湖市
78	安徽国祯环保节能科技股份有限公司	合肥市
79	安徽开源路桥有限责任公司	合肥市
80	安徽宝业建工集团有限公司	合肥市
81	中冶华天工程技术有限公司	马鞍山市
82	立讯精密工业(滁州)有限公司	滁州市
83	合肥海尔洗衣机有限公司	合肥市
84	安徽金星钛白(集团)有限公司	马鞍山市
85	中铁四局集团钢结构建筑有限公司	合肥市

续 表

序号	企业名称	所在市
86	国营芜湖机械厂	芜湖市
87	志邦厨柜股份有限公司	合肥市
88	安徽广信农化股份有限公司	宣城市
89	安徽中能电源有限公司	阜阳市
90	信义节能玻璃(芜湖)有限公司	芜湖市
91	芜湖奇达动力电池系统有限公司	芜湖市
92	集瑞联合重工有限公司	芜湖市
93	芜湖长信科技股份有限公司	芜湖市
94	马瑞利汽车零部件(芜湖)有限公司	芜湖市
95	界首市南都华宇电源有限公司	阜阳市
96	安徽中鼎减震橡胶技术有限公司	宣城市
97	中铁上海工程局集团第一工程有限公司	芜湖市
98	合肥晶弘电器有限公司	合肥市
99	中电科技(合肥)博微信息发展有限责任公司	合肥市
100	会通新材料股份有限公司	合肥市

另外，在《中国酒业》杂志发布的“2018年度中国酒业百强榜·生产企业”中，安徽有7家白酒企业上榜：安徽古井集团有限责任公司、安徽迎驾集团股份有限公司、安徽口子酒业股份有限公司、安徽双轮酒业有限责任公司、安徽金种子酒业股份有限公司、安徽宣酒集团股份有限公司、安徽皖酒制造集团有限公司。在“2018年度中国酒业百强榜·流通企业”中，安徽有5家企业上榜：安徽百川商贸发展有限公司、安徽天韵商贸有限公

司、安徽省黄海商贸有限公司、安徽省徽商糖酒有限责任公司、安徽益力商贸集团公司。

二、徽商制造与人工智能

AI（人工智能）自1956年开始萌芽至今历经了63年，而当年的梦想如今已成为现实。刚刚过去的2018年，被很多人称为AI全面崛起的元年。说起2018年科技圈最高频的词汇，人工智能是当之无愧的年度话题之王。据中国信息通信研究院的数据显示，截至2018年9月，中国共有1100多家人工智能企业，这些企业分布于AI产业链的各个环节，其中徽商企业占有很重要的部分。

在人工智能领域，国内最重要的参与者就是互联网巨头“BAT”（百度、阿里巴巴、腾讯），他们在AI技术、平台、应用场景和对外投资层面都已完成了全方位的布局。“BAT”专注的业务领域也反映了其在AI产业上的布局，总体来说，百度侧重平台与自动驾驶，阿里巴巴侧重人工智能在数据服务领域的应用和底层技术，腾讯侧重平台和技术开放，对外均衡布局。除此之外，在人工智能产业的“风口”，徽商表现出色，在诸多领域引领人工智能产业的应用与发展。

1. 中国声谷与科大讯飞

根据《中国（合肥）智能语音及人工智能产业基地（中国声谷）的发展规划（2018—2025年）》，到2020年，智能语音及人工智能互联网产品用户达12亿户，中国声谷企业营业收入达1000亿元，年均增长40%。到2025年，智能语音及人工智能互联网产品用户达到15亿户，中国声谷企业营业收入超过2000亿元。

2018年12月24日，中国声谷建设运营中心、中国声谷制造中心、智能语音及人工智能产业发展基金在中国声谷揭牌。安徽省经信厅总工程师徐文章在揭牌仪式上强调，中国声谷运营单位安徽省信息产业投资控股有限公司将更好地发挥产业平台型公司职能，为入园企业提供科学、先进、创新的培育孵化服务，通过投资、招商、孵化，加速人工智能产业的集聚。中国声谷运营单位总裁祁东风介绍，中国声谷制造中心涵盖产品设计中心、技术支撑中心、智能装配中心、检测检验中心，可以为中国声谷企业提供一站式服务，实现由研发成果到硬件产品的快速转化。据了解，智能语音及人工智能产业发展基金将重点投向全球范围内具有人工智能核心原创技术的项目、与中国声谷产业发展战略相匹配的成长期项目、已形成规模的成熟性人工智能项目等，充分发挥基金的产业支撑作用和带动效应，全面支持中国声谷打造全球人工智能产业高地。这些措施让安徽的人工智能产业配套进一步完善。此次投入使用的中国声谷制造中心，可快速支持优质智能终端产品的产业化、市场化、规模化发展；新设立的智能语音及人工智能产业发展基金总规模达50亿元，首期规模10亿元。截至2018年底，中国声谷已汇聚了百度、腾讯、阿里巴巴以及云知声、金山软件、神州泰岳等400余家人工智能核心企业，初步形成了具有国际影响力的人工智能产业集群。中国声谷正在对园区内优质企业、项目进行重点培育，打造产品市场占有率高、核心技术强的爆款产品；坚持“龙头+配套”“基地+基金”“平台+赛道”的发展模式，构建从“技术、产品、生态链到产业集群”的发展路径，做大规模，做强实力。

早在2017年11月，科技部召开的新一代人工智能发展规划暨重大科技项目启动会上，就宣布了首批国家新一代人工智能开放创新平台名单：依托百度公司建设自动驾驶国家新一代人工智能开放创新平台，依托阿里云公司建设城市大脑国家新一代人工智能开放创新平台，依托腾讯公司建设医疗影像国家新一代人工智能开放创新平台，依托科大讯飞公司建设智能语音国家新一代人工智能开放创新平台。

作为中国人工智能第一股的科大讯飞，坚守“让机器能听会说，能理解会思考，用人工智能建设美好世界”的企业使命，不断创新发展。在科大讯飞的语音和人工智能平台上实名认证的创业团队数量，2018年已从30余万家增长到了86万家。科大讯飞翻译机2.0、讯飞听见系列产品、阿尔法蛋家族、智能硬件魔飞系列、iFLYOS等产品和系统等都非常有名，科大讯飞智医助理机器人“晓医”还通过了全球首个国家临床执业医师资格考试综合笔试测评，这些都凸显了科大讯飞在人工智能产业领域中的领先地位。

2. 比亚迪：AI+汽车

徽商名企比亚迪面对国内外企业对电动车发起的猛攻，正不断寻求突破，频频向科技巨头抛出绣球，冀望通过合作加快在汽车人工智能等方面的布局。继与百度合作研发自动驾驶技术之后，比亚迪又与微软携手在个性化、数据化、用户交互体验等方面展开合作，共同打造未来汽车人工智能生态链，成立了汽车智慧生态研究院。2018年9月5日，以“开放·创未来”为主题的比亚迪全球开发者大会在深圳隆重举行，正式发布比亚迪D++开放生态。结合此前发布的DiLink智能网联系统和加入D++开发生态的众多开发者，意味着比亚迪超级智能出行生态体系已经构架完成。这是汽车132年发展史上的第一次开发者大会，标志着比亚迪引领汽车业态从封闭走向开放。百度总裁张亚勤、奇虎360董事长兼首席执行官周鸿祎、地平线创始人兼首席执行官余凯、唯链首席执行官陆扬等一众智联领域精英参与本次大会，微软、腾讯科恩实验室、阿里云、华为、博世、科大讯飞、平安科技、懒人听书等互联网公司代表也都悉数到场，就自动驾驶、人工智能、区块链等技术进行了智慧分享和思想碰撞。同时，比亚迪与奇虎360正式签订战略合作协议，从智能汽车角度，共同探讨信息安全与网络安全。如果说苹果公司带来的是一场手机与科技圈的狂欢，那么比亚迪的全球开发者大会酝酿的则是一场汽车与科技圈的狂欢。

3.苏宁：场景互联+智能供应链

在刚刚过去的2018年，徽商名企苏宁在AI领域围绕“场景互联+智能供应链”表现卓越。2018年3月，在国际权威的人脸识别公开测试LFW上，苏宁的人脸识别模型取得排名第一的好成绩，准确率超过99.83%。在将最新的人脸识别技术应用到无人店、门店视频识别等场景中，2.0版本的苏宁无人店刷脸支付时间缩短了40%（从原先的10秒缩短至6秒），极大节省了用户时间，提升了用户的消费体验。2018年6月，苏宁物流无人快递车

“卧龙一号”落地运营，无人重卡在上海奉贤完成全球首测……一大批黑科技纷纷涌现，大幅度提升了物流效率，扩大了覆盖范围，从仓储到配送，苏宁物流成为少数几个实现“无人闭环”的物流企业之一。2018年8月，苏宁推出了一组“超燃神将”，这组以封神演义中的角色命名的“神将”，实际上是苏宁为实现“智慧零售”打造的高科技“天团”，覆盖苏宁“采、销、配、服、用、云”等六大业务板块，从商品的采购到终端使用环节为用户提供无微不至的服务，在“超燃神将”的帮助下，苏宁零售效率大幅度提升。除此之外，苏宁还在全球设立了五大研发基地，成立了一个由高素质、高学历、高能力技术研发团队组成的人工智能实验室，跟踪最新的AI技术发展趋势，并将其应用到集团各项业务场景中。苏宁控股集团董事长张近东表示：“人工智能不只是一种技术，更是一种理念，它让人们对未来充满新梦想，让世界更加美好。未来属于立志于让生活更美好的创新实践者，拥抱人工智能就要开拓创新。”

4.巨人网络：拥抱人工智能

徽商企业巨人网络是一家综合性互联网企业，旗下拥有互联网娱乐、互联网金融科技、互联网医疗三大核心业务。2018年8月6日，巨人网络以305亿元收购以色列最大的互联网公司Playtika，该笔交易对价的支付方式包括股份和现金两部分，其中，255亿元交易对价以发行股份方式支付，每股价格32.45元，现金支付部分交易对价为50亿元。巨人网络的核心业务模式是收购具有潜力的互联网、游戏资产，通过人工智能分析、机器学习和大数据处理等技术手段进行改造，输出精细运营改造方案，提升被收购资产的商业化价值。公司董事长史玉柱认为，Playtika本来就是一家人工智能公司，建议其不仅要用人工智能改造游戏业务，还要用人工智能去做其他领域的业务，未来全面拥抱人工智能市场。

5.赛为智能：智慧医疗+无人机

徽商企业深圳赛为智能于2010年在深圳证券交易所创业板上市，它以让人们享受智慧生活为发展愿景，在人工智能领域的业务主要包括健康服务机器人、无人机平台及图像分析数据处理、人脸识别、智能视频分析系统等。依托公司在人工智能领域20年的技术积累，赛为智能整合公司资源，重点研发攻关，相继推出智能视频分析系统、人脸识别系统，并积极进行相关产品的升级迭代，大力推动其在智慧城市建设中的融合应用。2016年，赛为智能与日本大阪大学成立赛为-大阪大学健康战略研究院，重点开发健康服务机器人，包括智能护理床、外骨骼、轻小型可穿戴设备等系列产品。未来，公司看好中国健康服务机器人的高端市场，将引进国际顶尖的技术，投资建设介护及可穿戴机器人研究中心、国际交流中心、人才培养基地，打造质量一流的人工智能产品。在无人机领域，全资子公司合肥赛为智能已经发展成为一家覆盖固定翼、多旋翼、直升机在内的机型齐全、种类多样的工业级无人机制造公司。合肥赛为智能在无人机研发平台和转子发动机研发方面取得突破进展，研发的系留多旋翼无人机是国内首创，技术领先。同时，公司利用当地丰富的高校、院所资源，组建了无人机后端数据处理实验室，重点开发无人机数据分析、数据处理、图像分析及图像处理的先进技术和产品。目前该实验室已经被认定为“安徽省工程实验室”，公司还力争在未来几年内将其打造为国家级重点实验室。

6.达实智能：智慧城市领军服务商

达实智能是国内领先的物联网产品和解决方案服务商。该公司成立于1995年，于2010年6月在深圳证券交易所上市，基于自主研发的物联网终端产品、系统产品和平台产品，为智慧医疗、智慧建筑及智慧交通等领域提供城市物联网服务。达实智能拥有覆盖全国的营销和服务网络，于深圳总部自主投资建设了高达200米的超高层绿色智慧大厦；在雄安设立北方总部，成为第一批获准在雄安新区注册的企业。达实智能拥有国家博士后科研工作站，技术创新能力处于行业领先地位。截至2019年6月，依托设立在公司的国家博士后科研工作站，达实智能主导7项国家标准，拥有163项发明专利、94项实用新型专利和219项软件著作权。达实智能硕士/博士联合培养中心与国内60余所著名高校建立了合作伙伴关系，目前已联合培养10位博士后、200余位硕士研究生。达实智能聚焦智慧医疗、智慧建筑、智慧交通三大领域，市场占有率处于行业领先地位。

在智慧医疗领域，达实智能基于自主研发的医院机电设备智能管控平台、手术室智慧管理平台、临床决策辅助系统、院内信息化平台等核心产品，在医院基础设施智能化及节能、手术室智慧管理、临床信息化、医院管理信息化等方面实现高度融合，致力于打造数字孪生的智慧医院。达实智能基于自主研发的全民健康医疗大数据平台，提供城市级区域医疗卫生信息一体化集成解决方案，具备区域医疗大数据投资、建设及运营全生命周期服务能力，同时基于人口健康信息开发针对居民和第三方机构的大数据应用和增值服务。

在智慧建筑领域，达实智能基于自主研发的IBMS智能建筑管理系统，综合运用节能控制系统、一卡通管理系统、边缘控制器等核心产品，为客户提供物联网建设和运营服务。在大型公共建筑、智慧社区、工业园区、企业总部、数据中心市场，达实智能占有率居于行业领先地位。达实智能与阿里巴巴、国家电网、中国节能等合作伙伴携手，为雄安市民服务中心提供了最先进的智能化及节能服务，参与制定了雄安新区智慧建筑及社区的物联网标准。

在智慧交通领域，达实智能基于自主研发的地铁综合监控系统管理平台，综合运用地铁综合监控、自动售检票、综合安防系统、通风空调节能控制系统等核心产品提供整体解决方案，同时基于物联网提供地铁运营大数据服务。达实智能与腾讯等互联网巨头合作，为深圳地铁打造面向乘客的升级版智慧交通系统，为上海地铁提供全市全网线路综合监控平台及大数据应用服务。目前，达实智能已服务全国26座城市、46条地铁线路。

达实智能始终坚持“共享”的企业文化理念，重视员工激励和履行社会责任。达实智能自1995年成立以来，共实施了7次员工持股方案和2次限制性股票激励计划，是深圳员工股权激励最为广泛的上市公司之一。达实智能在深圳和雄安设立了两个科普教育基地，运用达实智能自主研发的多项专利、技术与产品，展示了达实智慧城市建设的创新发展成果，持续向社会公众推广智慧理念，普及节能知识，不忘初心回馈社会。

7.美菱：智汇家生态圈

美菱以CHiQ系列智能产品为核心构建的智汇家生态圈，包括智能购、快乐厨房、空气管理、能源管理、健康饮水、洗护管理等六大应用模式，通过“端+云+系统+平台+产品+服务”的生态圈体系，为用户提供食品与饮食管理服务、饮水服务、好空气分享服务等。未来，长虹美菱将继续以精耕用户需求为核心，持续创新突破，助力推动中国“人工智能+”赋能智慧家电产业繁荣发展，使中国家庭智慧生活时代更快到来，让更多消费者感受到智能技术带来的美好生活体验。

8.中国科学技术大学：人工智能领域的“黄埔军校”

在全国其他高校刚刚开设人工智能专业时，中国科学技术大学已经在人工智能方面取得了重要的成就。目前，学校拥有类脑智能技术及应用国家工程实验室、语音及语言信息处理国家工程实验室两个全国仅有的人工智能方向国家工程实验室，研究和培养方向涵盖了类脑智能、语音技术、情感机器人等具有巨大应用价值和广阔发展前景的领域。中国科学技术大学校友创办了一批在人工智能方面极具影响力的企业，如科大讯飞、商汤科技、寒武纪、云从科技等。同时，还有一大批校友供职于全球知名人工智能企业或研究机构，如微软、谷歌、阿里巴巴、百度等。雄厚的培养实力，出色的培养成果，使得中国科学技术大学堪称人工智能领域的“黄埔军校”。

9.合肥工业大学：合肥工业大学智能制造技术研究院

合肥工业大学智能制造技术研究院以“服务战略需求、服务社会发展、服务技术创新、服务学科建设”为宗旨，建成“立足合肥、面向安徽、辐射全国”的智能制造技术创新平台、成果培育与转化平台、高端人才培养引进平台、国际交流合作平台，成为国内领先、国际一流的新型产业研究院，成为智能制造产业发展的引擎以及具有国际影响的智能制造成果转化基地和产业孵化基地。该研究院优先发展高端智能装备、新材料及制造工艺、新能源与节能技术、智能信息技术与产品等四大重点领域及平台，优先建设智能制造技术服务研究中心、产品检测分析服务中心、产品设计服务中心、公共计算服务中心等四大公共技术研发服务中心。

10.合肥：中国人工智能城市前五强

2018年，赛迪顾问发布《中国人工智能城市发展白皮书》，公布了中国人工智能城市十五强榜单。为客观评价各城市人工智能发展水平和未来潜力，赛迪顾问建立了人工智能城市发展评价体系，该体系包含政策环境、科研能力、产业水平、资本环境等4个一级指标，专项政策、重点实验室、龙头企业、投融资活跃度等10个二级指标，以及30个三级指标。在中国人工智能城市十五强榜单中，北京、上海、杭州、深圳、合肥名列前五。

当然，在人工智能应用领域，还涌现了一批徽商企业，如中德宏泰计划通过资源整合、产业升级、成立独立的AI研究团队、汇聚AI方面尖端人才、提升底层技术和算法等措施，拓展人工智能在安防等领域的应用，保证企业的领先优势，同时建立自己的开放算法平台，未来还打算开放自己的算法平台。另外，荣事达在智能家电、智能家居方面的应用，华米科技在可穿戴设备和智能物联体系方面的发展，四创股份在智能智慧交通领域中的发展，奇瑞与江淮在汽车人工智能方面的发展，等等，都说明徽商已成为人工智能产业发展中的重要角色。

三、“安徽制造”与世界制造业大会

曾经，“安徽制造”享誉中外，世界第一台VCD，中国第一台国产空调、微型电脑都诞生在安徽。2018年，世界制造业大会在合肥召开，“安徽制造”在不断奔跑，“研制出世界最薄0.12毫米浮法玻璃，建成全球首条最高世代10.5代线，诞生全球首颗量子通信卫星、首条量子保密通信网、首台量子计算机；华米手环、阳光电源光伏逆变器出货量全球第一”，“安徽制造”已经拿下七个“世界第一”。从全国范围来看，安徽制造业还有多项指标位居第一方阵：全国每3台冰箱、每4台洗衣机、每5台空调中就有1台是安徽制造，奇瑞乘用车出口量连续15年居中国第一，铜陵有色铜加工产量居中国第一，海螺水泥产量居亚洲第一，等等。

2018年，安徽全面开展“四个一”创新主平台和“一室一中心”建设，全面对接大院大所。“四个一”创新主平台建设即围绕原始创新加快推进合肥综合性国家科学中心建设，围绕技术创新谋划推进合肥滨湖科学城建设，围绕产业创新深入推进合芜蚌国家自主创新示范区建设，围绕制度创新系统推进全面创新改革试验区建设。"一室一中心"建设即组建首批10家安徽省实验室和10家安徽省技术创新中心，并以此引领创新平台建设，提升平台创新活力，完善创新平台体系，为建设创新型省份提供强力支撑。

截至2018年底，安徽省已设立国家级博士后科研流动站71个、工作站95个，省级博士后科研工作站209个，累计招收博士后研究人员3693名，设站总数位居中部地区第二。

2018年5月25日，2018世界制造业大会在合肥召开，并发布了《2018世界制造业大会合肥宣言》。2018年10月9日上午，合肥滨湖科学城（合肥滨湖新区）成立暨安徽省大院大所合作科技成果对接会在合肥隆重举行。在科技创新的背景下，"安徽制造"在不断崛起，在人工智能、量子科技、新能源汽车、建材水泥、集成电路等领域，"安徽制造"正在不断开创"著名品牌"。

1. 质量强省战略助力安徽制造业发展

近年来安徽在不断擦亮质量品牌。早在2012年，安徽省就出台了《关于开展质量强省活动的意见》，首次提出质量强省战略，同时大力推进质量品牌升级工程。2018年7月19日，安徽省质量品牌促进会正式成立，大会选举奇瑞公司董事长尹同跃为会长。

2018年8月10日，安徽省委省政府印发了《关于开展质量提升行动推进质量强省建设的实施意见》。2018年，安徽持续推进质量强省战略，在提升产品和服务质量上迈上了新台阶。主要成果有："党委领导、政府主导、部门联合、企业主责、社会参与"的质量工作新格局基本形成；在全国首创认证示范区建设；新建立社会公用计量标准252项，其中最高计量标准15项；新创建诚信计量示范单位781家，创历史新高；推进省技术标准创新基地建设，制（修）订国际标准1项、国家标准294项、地方标准287项；在全国率先将质量基础纳入省级科技创新体系规划；建成国家质检中心2个、新增1个，建成省级质检中心6个、新增4个。

安徽还开展了以“五大示范”行动、“双零”行动、“四重”行动为主要内容的质量提升行动年活动。其中“五大示范”即质量提升标杆示范、组织示范、人物示范、教育示范和文化示范，“双零”即服务零距离、质量零距离，“四重”即重点产业园区、重点产品和服务、重点行业、重点企业质量提升。对于高端制造、智能制造等新兴产业，安徽主要通过设立政府质量奖励制度以及安徽名牌评定、安徽工业精品认定等措施，引导企业加强质量管理和自主创新，实现提质、创牌、增效。在经济社会飞速发展的今天，质量和品牌建设一直是企业发展的关键要素。党的十九大报告中也提出，我国经济已由高速增长阶段转向高质量发展阶段。质量，正在成为中国经济发展新征程中的耀眼路标。因此，通过质量与品牌一体化建设，有效顺应国内消费升级的现实需求，推动中国工业全面升级，将是我国积极应对国内外市场挑战的必由之路。

2018年，国家市场监督管理总局公布了第三届中国质量奖获奖名单，其中安徽4家单位和1名个人获提名奖。截至2018年底，安徽共获得12个中国质量奖提名奖，数量在中部六省中名列第一。安徽荣获2018年第三届中国质量奖提名奖的单位是：实施以“人”“科技”为核心的PES管理模式的合肥通用机械研究院，实施“匠心聚合，质量极限”大国重器质量管理模式的中国科学院合肥物质科学研究院等离子体物理研究所，实施人才、教研、教师、创业、社会一体质量管理模式的合肥职业技术学院，实施零缺陷质量管理的系统方法——集成化预防型质量管理模式的中国电子科技集团公司第四十三所。获得提名奖的个人是安徽博微长安电子有限公司高级技师、主任黄春燕。中国质量奖是中国质量领域的最高荣誉，设有中国质量奖和中国质量奖提名奖，每两年评选一次。每次评选的中国质量奖不超过10个，中国质量奖提名奖不超过90个。我国通过建立国家质量奖励制度，树立质量管理标杆，推广先进质量管理方法，推动质量提升，激励质量创新，对推动经济转型升级，促进高质量发展意义重大。

2018年12月23日，2018“质量之光”年度质量盛典在北京隆重举行。通过网络、微信两套投票系统，读者和网友们评选出了2018年中国经济发展的高质量“榜样”。安徽喜获5项大奖：安徽博微长安电子有限公司黄春燕被评为“年度质量人物”，安徽省芜湖市被评为“质量魅力城市”，安徽全柴动力股份有限公司的“全柴”品牌被评为“年度魅力品牌”，安徽皖南电机股份有限公司被评为“质量标杆企业”，安徽省特种设备检测院被评为“卓越技术机构”。

2018年，第四届安徽省人民政府质量奖获奖名单揭晓，其中4家组织和1名个人获得省政府质量奖，8家组织和2名个人获得省政府质量奖提名奖。第四届安徽省人民政府质量奖获奖企业和个人名单：安徽海螺水泥股份有限公司、科大讯飞股份有限公司、合肥京东方光电科技有限公司、合肥通用机械研究院有限公司、彭寿（中建材蚌埠玻璃工业设计研究院有限公司）。第四届安徽省人民政府质量奖提名奖企业和个人名单：安徽全柴动力股份有限公司、中国科学院合肥物质科学研究院、安徽皖南电机股份有限公司、阳光电源股份有限公司、海南卫康制药（潜山）有限公司、安徽天康（集团）股份有限公司、铜陵有色金属集团铜冠矿山建设股份有限公司、安徽太平洋电缆股份有限公司、杨杰（安徽淮北煤电技师学院）、张德进（安徽叉车集团有限公司）。截至2018年底，我省共有17家组织和1名个人获得省政府质量奖。

2018年，安徽质量基础进一步夯实，质量总体水平进一步提升；质量安全监管进一步完善，重点产品质量管理和追溯制度基本建立；品牌规模进一步壮大，品牌效应进一步显现；全社会质量意识进一步增强，质量品牌发展环境明显优化；在更多领域拥有质量标准的制定权、话语权，实现"安徽品牌"向"中国品牌"升级，达到"中部领先、全国一流"目标。

2016年，安徽印发了《质量品牌升级工程实施方案》。该方案明确，到2020年，品牌经济占全省经济总量的比重将超过60%。到2020年，安徽国家级品牌显著增加。力争拥有中国质量奖企业1~2家，中国质量奖提名奖企业8家，中国驰名商标总数400件，国家级"守合同重信用"企业350家，国家服务业标准化试点示范项目45个，"鲁班奖"工程60项，AAAAA级旅游景区16个，国家级钻级酒家、绿色饭店各50家，认证农业"三品一标"5000个。

创建一批国家级质量品牌示范区。力争拥有国家级农产品质量安全县15个，全国知名品牌示范区5个，国家级出口工业产品质量安全示范区2家，国家级出口食品农产品质量安全示范区8家，国家级电子商务示范基地5个。

培育一大批省级知名品牌。省政府质量奖企业23家，安徽省著名商标4300件，省级“守合同重信用”企业3000家，安徽名牌产品2000个，安徽省出口名牌总数160个，安徽工业精品500个，“黄山杯”工程1600项，安徽老字号200个，省级示范农民专业合作社1000个，省级电子商务示范企业50家。

培育一大批省级质量品牌示范区。“质量强县”20个，省级农产品质量安全县30个，省级服务标准化示范项目100个，省级专业商标品牌基地120个，省级示范家庭农场2000个，省级电子商务示范区20个。

2.《2018世界制造业大会合肥宣言》发布

2018年5月25日，世界的目光聚焦合肥，2018世界制造业大会和2018中国国际徽商大会正式开幕，为远道而来的嘉宾端出了制造业的饕餮盛宴。与会嘉宾观点交锋，就智能制造展开话题探讨。会议期间，《2018世界制造业大会合肥宣言》正式发布，标志着全球制造业领域从此有了“合肥声音”。《2018世界制造业大会合肥宣言》全文如下：

我们，来自亚洲、非洲、欧洲、北美洲、南美洲等地区的国家政府部门、国际组织和商协会代表，共同出席在中国合肥举办的2018世界制造业大会，积极响应和支持“一带一路”倡议，围绕“创新驱动，制造引领，拥抱世界新工业革命”主题，分享先进制造业发展成果，展望世界新工业革命前景，对全球制造业未来发展方向形成广泛共识。

当今世界正在进行新一轮大发展大变革大调整，以智能制造为代表的新工业革命方兴未艾，将深刻改变世界发展格局，重构人们的生活、学习和思维方式，为全球经济发展和人类文明进步注入强大动力。全球制造业应积极顺应历史潮流，以创新绿色开放合作，拥抱世界新工业革命，共创制造业发展未来，持续增进人类福祉。

2015年联合国大会上确定的实现2030年议程的愿景，有望在新工业革命的支持下实现。新工业革命在经济方面承诺，不允许任何一个人掉队，一定要让低收入国家、女性、年轻人和乡村社区为新的工业模式做出贡献并从中受益：全球制造业的扩张必须是充满包容的，必须在环境上是可持续的，并鼓励在科技方面的创新，在产出更多的同时实现减少能源消耗，减少温室气体、耗臭氧层物质、有毒化学品的排放，减少水资源和材料的消耗。为此，发出以下倡议：

一、坚持创新引领。创新是引领全球制造业发展的第一动力。全球制造业应积极迎接科技新革命和产业新变革，利用大数据、云计算、人工智能等新技术，顺应数字化、智能化、定制化等用户体验新要求，加快制造业技术创新和管理创新，依靠创新驱动，提升传统制造业，做强先进制造业，培育制造业发展新动能。

二、推动绿色发展。树立绿色、低碳、可持续发展理念，尊崇、顺应、保护自然生态，积极履行《巴黎协定》承诺，加强制造业领域新能源、新装备、新材料等技术研发与国际合作，全面推行绿色制造，努力构建高效、清洁、低碳、循环的绿色制造体系，共同应对气候、能源、环境带来的影响和挑战。

三、扩大开放融通。经济全球化是不可逆转的时代潮流，开放带来进步，封闭必然落后。全球制造业应坚决反对贸易保护主义，支持多边贸易体制，呼吁各国政府消除贸易壁垒，扩大市场开放，共同营造稳定、透明、可预期的国际营商环境，保护知识产权，推进制造业贸易和投资自由化、便利化，在开放共享中促进制造业技术交流和国际合作，共同推动全球制造业朝着更加开放、包容、普惠、平衡、共赢的方向发展。

四、加强互利合作。合作是新形势下促进全球制造业共同发展的必由之路。应支持制造业南北合作和南南合作，大力推动对低收入国家的制造业投资，充分发挥制造业在教育、就业、卫生、减贫和社会保障等方面的作用，逐步缩小发展中国家与发达国家之间差距，为实现联合国2030可持续发展目标不懈努力。

立足新时代，我们呼吁全球制造业同心协力、携手前行，共谋发展新思路，共拓发展新路径，共享发展新成果，共创发展新辉煌，努力为人类文明进步作出新的更大贡献。

2018世界制造业大会组委会

3.2018世界制造业大会和2018中国国际徽商大会“十大成果”

2018年5月28日，2018世界制造业大会和2018中国国际徽商大会组委会召开新闻发布会，发布了此次大会的“十大成果”。

成果一：打造了加快建设内陆开放新高地的新平台。

大会期间，全球制造业精英云集，参会嘉宾超过4000人，其中有100多位省内外世界500强企业高管，近500家国内外制造业领军企业负责人，30多位“两院”院士、专家、学者。

成果二：展示了加快发展先进制造业的新成果。

量子信息、人造太阳、稳态强磁场、世界最薄触控玻璃和智能机器人、高档数控机床、航空装备、新能源汽车等，立体呈现出安徽打造的具有国际竞争力的产业集群。

成果三：达成了携手拥抱新工业革命的新共识。

来自亚洲、非洲、欧洲、北美洲、南美洲等地区的政界、商界、学界代表人物和知名人士出席大会并充分交流讨论，发表权威见解，共同发布了《2018世界制造业大会合肥宣言》。

成果四：展望了迎接智能时代制造业发展的新趋势。

19场活动权威发布关于世界智能制造和中国制造业、战略性新兴产业、智能家居产业发展的报告，充分交流发展经验，展望技术演进趋势，拓展合作方式，进一步沟通探索链接大数据、新能源、人工智能、智能工厂的制造业未来发展路径。

成果五：厚培了创优营商环境的新热土。

大会期间，通过对接交流和发布《2017安徽外商投资环境报告》《徽商发展报告2017》等，充分展示了安徽不断优化的法治化、国际化、便利化营商环境，得到了国内外客商的好评。德国红点工业设计博物馆、德国工业合作促进中心有意落户合肥。

成果六：收获了一批引领能力强的新项目。

大会突出“五百对接”，共签约合作项目436个，投资总额4471亿元，涵盖电子信息和家电、新材料和新能源、装备制造、节能环保、现代服务、汽车和汽车零部件、生物医药等行业。

成果七：汇聚了引领未来发展的新动能。

大会期间，集中签约了集成电路、新型显示、智能语音、新能源汽车、高性能新材料等方面项目61个，投资额880亿元；新华三研究院、微电子RRAM、云屏智能芯片等项目22个，投资额

200亿元；物联网大数据等项目10个，投资额99亿元。一批先进制造业、战略性新兴产业项目为安徽产业转型升级、实施高质量发展提供了新动力。

成果八：探索了各方共襄共举的办会新模式。

大会采用国际合作方式，安徽省人民政府与全球中小企业联盟、联合国工业发展组织、中国人民对外友好协会共同主办世界制造业大会，组织筹备时各方密切沟通、协调配合，初步形成国际化、专业化的办会新模式，各项活动组织力求体现国际视野、中国方案、安徽特色。

成果九：营造了舆论热点关注的新氛围。

截至5月27日下午，共有省内外165家媒体582名记者参会报道，以“世界制造业大会”为关键词进行百度搜索，相关信息超过90万条。大会专题片《安徽制造美好未来》和嘉宾致辞演讲精彩展现了“安徽制造”的智慧之光、磅礴之势、创新之举、共赢之路。

成果十：开拓了高质量发展的新境界。

通过举办大会，积极汲取来自世界的先进理念，安徽努力增强创新意识，提升开放意识，拓展全球视野，强化战略思维，从而更加积极地面对新一轮科技革命和产业变革，推进建设人类命运共同体。

徽商产业

一、徽商产业布局

产业是社会分工的产物，它随着社会分工的产生而产生，并随着社会分工的发展而发展。徽商产业布局从省内到省外，伴随时代的发展，不断升级转型，与时俱进。

省内徽商的形象正在逐步发生变化，从传统的烟、酒、茶轻工产业到家电、水泥、钢材、有色金属等制造产业，从传统的制造产业到科技自主创新，语音、集成电路、新能源汽车、新材料、人工智能等产业得到了快速发展，一批新徽商企业与徽商精英快速崛起，如科大讯飞与刘庆峰、三只松鼠与章燎原、三瓜公社与刘浩、易酒批与王朝成、荣事达与潘保春等。

在省外，徽商产业布局也发生了很多变化，如在海南，徽商主要是以药企、医疗等为主导产业；在广东，徽商主要经营制造业，涵盖新能源汽车、铜业、人工智能、精密仪器、家具等产业；在天津，徽商主要经营商贸流通、餐饮等产业；在浙江，徽商主要经营服饰、装饰、医药、食品、汽贸等产业；在上海，徽商主要经营物流、新材料、旅游、餐饮等产业；在北京，徽商主要经营家居建材、餐饮、装饰、制造等产业；在福建，徽商主要经营纺织、服饰、汽贸、餐饮等产业；在江苏，徽商主要经营商贸流通、商业地产、装备制造、食品等产业；在东北三省，徽商主要经营装饰装修、防水防腐、餐饮等产业。

徽商产业布局在新时代背景下正在转型升级，主要呈现出以下几个特征。

1.从商贸类企业到实体经济转型

传统的徽商主要是在贸易领域经营，明显的特征就是以批发零售、餐饮小吃、商贸流通为主，今天的徽商更多涉足的是实体经济，特别是具有一定科技含量、具有自主创新的实体。今天的徽商，有些是业内领袖，如苏宁在新零售领域、正威国际在铜领域、比亚迪在新能源汽车领域、海螺在水泥领域等都是产业领袖；有些具有品牌连锁优势，如徽商企业巴比馒头、老乡鸡等在快餐领域都是独树一帜；有些是在引领产业发展，如科大讯飞、国盾量子、华米科技等。

2.从单一企业到园区经济转型

一批徽商打造了各类产业园，如安徽南翔集团、安徽路网集团等在专业市场建设方面经验丰富，打造了全国有名的光彩大市场、各类特色小镇等；徽商企业正威国际集团在新疆投资建设正威新疆“一带一路”产业园项目；东莞市安徽商会主导的具有徽派文化特色的文创园落户东莞南城，占地3万多平方米，总投资

3亿~5亿元，该项目以徽商文化为主题，包括餐饮、黄梅戏、徽商建筑工艺品、家私等；河南省安徽商会打造了河南武陟徽商农产品电子商务产业园，吉林省安徽商会与长春长东北开放开发先导区投资建设了长春徽商民营经济产业园，青岛市安徽商会正在多个城市谋划打造徽商国际产业园。

3. 从传统制造到“互联网+”转型

传统制造领域中产生了一批知名的徽商名企和优秀徽商精英，如徽商名企苏宁控股、比亚迪、正威国际集团、海螺集团、铜陵有色金属集团、易事特、巨人网络集团以及徽商精英杨元庆、方洪波等。新时代背景下的新徽商在“互联网+”领域也表现突出，如微盟集团与孙涛勇、云集与肖尚略、蔚来汽车与李斌、兑吧集团与陈晓亮、旷视科技与印奇、驴妈妈旅游与洪清华等，他们都是在互联网经济下快速成长起来的徽商企业和徽商精英。

二、徽商中的“独角兽”

“独角兽”一词最早在2013年被提出，专用于创业企业，满足成立时间在10年内、获得私募投资后估值达到10亿美元且没有上市这三个条件才可称为独角兽企业。拥有独角兽企业的数量从一定程度上反映了区域的创新创业活力和发展潜力。受益于大环境增长和资本热捧，中国独角兽企业的数量和估值双双持续高速增长。近年来中国独角兽企业数量稳定在全球独角兽企业总量的1/3，仅次于美国。徽商企业中也有一批独角兽企业。

1.旷视科技与印奇

旷视科技、商汤科技、云从科技、依图科技被视为人脸识别领域中的“四大独角兽”，其中两家的创始人都是徽商。

旷视科技在“四大独角兽”中成立时间最早，以“Face++”的名字为外界熟知，核心客户包含阿里巴巴、蚂蚁金服、华为、联想等行业级“头部”企业。同时，据官网信息显示，旷视科技还服务于公安部、国家税务总局、中信银行、招商银行、华润集团等政府部门和国企集团。

旷视科技在2017年宣布实现盈利。据有关资料显示，目前旷视科技的收入主要来自智能安防、Face ID（在线刷脸验证服务）、Face++（人工智能开放平台）、智能地产四大板块。其中，智能安防收入占比由去年的17%增长到44%，未来将超过50%。而安防领域的主要付费客户便是政府部门。

旷视科技在安防领域落地是以智能摄像头硬件为基础的，涵盖了人脸识别门禁、天眼监控系统、动态人脸识别监控、人证合一等多个应用方向，目前已应用于反恐、边检、公安等多个监管部门。

在金融领域，旷视科技背靠投资方阿里巴巴，为支付宝客户端提供人脸识别登录功能支持。同时也为小米金融、你我贷等互联网金融公司，以及中信银行、江苏银行、北京银行等商业银行提供人脸识别服务。

在移动互联网方面，旷视科技为美图网络科技公司旗下的美图秀秀APP、美颜相机、美颜手机等一系列软硬件产品提供了人脸识别技术支持。旷视科技还是今日头条在线身份验证的主要技术提供商。

在手机领域，旷视科技和商汤科技的竞争相当白热化。从官网最新的资料来看，旷视科技的客户包括OPPO、vivo、小米、诺基亚、荣耀、锤子等。其中，OPPO、vivo、小米也在商汤科技的客户名单中。

旷视科技在公共出行领域为滴滴、e代驾、易到用车、神州租车提供人脸识别技术，对司机身份进行核验。这是“四大独角兽”中其他三家企业涉足甚少的领域。除此之外，在AI+零售领域，旷视科技也有自己的节奏，它不仅为多家连锁便利店、健身房、咖啡厅和品牌专柜提供智能方案支持，还通过投资的手段加速商业化落地。

印奇，1988年生，安徽芜湖人，汉族，中共党员，清华大学姚期智实验班学士，哥伦比亚大学计算机科学硕士，北京旷视科技联合创始人兼首席执行官。2016年福布斯亚洲30位30岁以下杰出青年代表人物，2017年北京五四青年奖章获得者，共青团中央第九届“中国青年创业奖”创业新星，入选网易中国AI英雄风云榜商业创新人物。

2. 云从科技与姚志强

云从科技是“四大独角兽”中唯一的人工智能行业“国家队”，是一家孵化于中科院重庆研究院的高科技企业。云从科技也是唯一一个没有阿里系和外资入股的人脸识别独角兽。

云从科技也宣布在2017年实现盈利，2018年底收入达到15亿元。未来预期能保持4到5倍的增长，其中，金融营收占比

30%左右，安防占比约60%，金融、安防、零售、教育、交通和社区都是云从科技的布局板块。

云从科技的总部设在重庆，虽然在宣传力量和地域上不占优势，但它却是中国银行业人脸识别的第一大供应商。云从科技联合创始人姚志强曾介绍："国内有能力自建系统的银行为148家。截至2018年3月15日，已完成招标的银行为121家，其中，云从中标包括四大行之内的88家总行平台，市场占有率为72.7%。"除此之外，云从科技的技术还应用在超级柜台、刷脸取卡、自动发卡机等非现金业务操作中。

在安防领域，云从科技主要基于大库检索、动态布控、轨迹追踪等核心技术与各个业务线的算法项结合，目前已在广东、重庆等29个省份公安厅内陆续落地应用。同时，云从科技还参与了博鳌亚洲论坛等大型会议的安防工作。

云从科技在交通领域暂时以智慧机场为主要应用场景，除了人脸识别登机外，还包括黑名单布控、分级安检、人流密度统计、精准找人、VIP客户自动识别等系统功能。目前，云从科技的技术已经陆续在银川机场、重庆机场、首都机场等50多个机场应用。云从科技还推出了旗下基于飞龙II深度学习结构光算法与3D结构光深度摄像头的"3D结构光人脸识别系统"，期待在巨大的手机市场分一杯羹。

姚志强，1975年生，安徽淮北人，就读于中国科学技术大学，获博士学位，研究模式识别，曾经在国内知名语音科技公司做过研究员，也在民营企业做过销售和管理工作。2015年和周曦等校友联合创办以人脸识别为核心技术入口的云从科技公司。

3.森亿智能与张少典

上海森亿医疗科技有限公司（森亿智能）成立于2016年4月，是中国医疗人工智能行业的创新引领者，也是国家健康医疗大数据产业“国家队”——中电数据的AI技术核心供应商。森亿智能以医学自然语言处理、机器学习、数据挖掘等核心技术为驱动引擎，对海量医疗数据进行深度治理、转化分析和研究，为各级医疗机构、科研院校、政府部门、制药企业等提供专业、安全、高效的医疗大数据整体解决方案。2016年10月，森亿智能完成了天使轮融资，凭借强大的技术优势以及在行业中迅速建立的标杆地位，收获了诸多著名投资机构、医疗产业巨头的青睐和多轮注资。除此之外，森亿智能还为国家健康医疗大数据重点项目提供全面的数据整合、治理、挖掘等技术支持。

张少典，1988年生，安徽马鞍山人，曾就读于上海交通大学，哥伦比亚大学医学博士，医学信息学、医疗数据挖掘和自然语言处理专家，上海市“千人计划”入选者，上海市“浦江人才”入选者，2017年福布斯亚洲30位30岁以下杰出青年代表人物。张少典于2016年5月回国创立森亿智能，专注于发展医学文本的人工智能分析与挖掘技术。

4.科大国盾量子

科大国盾量子技术股份有限公司发源于中国科学技术大学，自2009年5月创办以来，以实现量子信息技术的全面产业化为己任，率先在量子通信领域深耕细作，经过10年的探索和实践，已成长为全球领先的量子通信设备制造商和量子安全解决方案供应商，是量子通信产业化的开拓者、实践者和引领者。

科大国盾量子以成体系的量子通信领域核心技术与先进的ICT（信息和通信技术）及信息安全技术相融合，凝聚产业力量，构建产业生态，在电信基础设施、大数据、专网与云服务等方面，为各行业、组织和个人提供富有竞争力的量子安全产品和解决方案。公司旗下全资子公司有山东量子科学技术研究院有限公司、北京国盾量子信息技术有限公司、广东国盾量子科技有限公司、上海国盾量子信息技术有限公司、安徽国盾量子云数据技术有限公司、新疆国盾量子信息技术有限公司。

5.驴妈妈与洪清华

景域驴妈妈集团为中国领先的旅游产业链一站式服务生态圈企业，由驴妈妈集团、景域旅游投资集团、景域旅游科技创新中心三大板块构成，已连续七年进入中国旅游集团20强，入选2018中国服务业企业500强，被评为国家高新技术企业、贸易型总部企业。驴妈妈集团由驴妈妈旅游网、驴妈妈目的地运营集团和奇创智慧旅游集团三大子集团构成，全面覆盖了当下旅游业发展所需要的三个核心驱动力：互联网渠道能力、目的地运营能力和智慧服务能力。

驴妈妈旅游网创办于2008年，是中国知名的综合性旅游服务平台之一，具备“线上OTA服务+线下超千家门店服务”的360度旅游全服务能力，在景区门票、周边游、商旅定制游等方面处于行业领先地位，已成为全球景区门票领军者、中国领先的自助游资讯及预订平台、自助游领军品牌和白领喜爱的旅游品牌，入选2018中国互联网100强。

驴妈妈目的地运营集团由多家全资子公司和控股、参股公司组成，专注旅游资源的运营管理。在国家大力发展“全域旅游”的背景下，驴妈妈目的地运营集团将通过特许运营、委托管理、合资公司及投建运一体化等多种形式，重点打造500家优质旅游目的地，成为核心旅游资源的供应商，为全国乃至全世界旅游景区、酒店及目的地创造更大价值。

洪清华，安徽安庆人，景域驴妈妈集团董事长，驴妈妈旅游网创始人。上海市领军人才，上海市十大青年经济人物，2017年中国经济十大影响力人物，2018年上海市优秀企业家。

6.瓜子二手车与杨浩涌

瓜子二手车成立于2015年9月，致力于用创新重塑二手车产业，为用户创造更大的价值。瓜子二手车为用户提供二手车评估、居间服务、汽车金融、售后保障、维修保养等一站式服务。截至目前，瓜子二手车业务覆盖全国200多个主流城市。

作为行业领军者，瓜子二手车基于大数据与人工智能，在国内率先实现了二手车非标品的标准定价——瓜子价，该定价逐步成为中国消费者买卖二手车的重要依据。在强大技术基因的助力下，瓜子二手车正在推动二手车车况与车价的透明化，对于行业的高速发展起到了革命性的作用。

2017年3月，除上门直卖服务外，瓜子二手车推出了新零售业务——瓜子二手车严选直卖店，构建线上线下高度融合的一站式新消费场景。营业面积达数万平方米的超大型瓜子二手车严选直卖店为卖家提供实车寄售，为买家提供一次多看、一站购车的综合服务，在技术能力的助力下持续推动服务效率与用户体验的优化升级。瓜子二手车严选直卖店将成为用户线下二手车消费的城市地标，实现二手车服务超越国际水平。

2019年3月，瓜子二手车推出全国购业务。作为与瓜子二手车严选直卖店高度协同的跨区域二手车交易服务，瓜子全国购基于透明服务费与物流费，提供二手车交易、金融、跨区域流转及售后保障等一站式服务。瓜子全国购打破了传统二手车交易的区域价格壁垒，让卖家能够以更高效率和更优质的价格售出车辆，让买家能够享受来自全国的丰富车源与跨区域比价购车带来的实惠，加速了二手车在全国范围内的流通，引领了二手车行业商业模式的创新。

2016年3月，瓜子二手车宣布获得2.045亿美元A轮融资；2017年4月，瓜子二手车获得超4亿美元B轮融资；2017年10月，瓜子二手车获得1.8亿美元B+轮融资，B轮系列累计融资额近6亿美元。

杨浩涌，1974年生，安徽合肥人，1996年获得天津大学精密仪器专业学士学位，1999年获得中国科学技术大学工学硕士学位，后赴美国留学，获美国耶鲁大学计算机科学硕士学位。回国之前，曾在硅谷的网络安全公司Juniper Networks核心开发组从事研发工作，后创办了Tromphi Networks。现任车好多集团首席执行官，是瓜子二手车及毛豆新车网的创始人。

三、徽商中的"单项冠军企业"

"单项冠军企业"是指长期专注于某些特定细分产品市场，

生产技术或工艺国际领先，单项产品市场占有率位居全球或全国前列的企业，衡量的主要指标是单项产品市场占有率。

截至2018年底，工信部公布了三批制造业单项冠军示范企业名单、三批制造业单项冠军培育企业名单、两批单项冠军产品企业名单。其中，入选制造业单项冠军示范企业的徽商企业见表18。

表18 入选制造业单项冠军示范企业的徽商企业

序号	企业名称	主营产品
1	安徽中鼎密封件股份有限公司	特种橡胶制品、密封件
2	铜陵精达特种电磁线股份公司	特种耐高温铜基电磁线
3	中建材（合肥）粉体科技装备有限公司	辊压机
4	安徽国星生物化学有限公司	吡啶碱
5	安徽安利材料科技股份有限公司	聚氨酯合成革、聚氨酯复合材料
6	安徽昊方机电股份有限公司	汽车空调电磁离合器
7	利辛县富亚纱网有限公司	磁性感应纱织物
8	安徽耐科挤出科技股份有限公司	塑料异型材挤出成型模具

入选制造业单项冠军培育企业的徽商企业见表19。

表19 入选制造业单项冠军培育企业的徽商企业

序号	企业名称	主营产品
1	安徽中意胶带有限责任公司	整芯阻燃输送带
2	合肥长源液压股份有限公司	液压泵
3	阳光电源股份有限公司	光伏逆变器
4	安徽合力股份有限公司	叉车
5	合肥泰禾光电科技股份有限公司	色选机

入选制造业单项冠军产品企业的徽商企业为蚌埠中建材信息显示材料有限公司，其主营产品为超薄浮法电子玻璃。

2019年6月13日，工信部公布了第一批专精特新“小巨人”企业名单，其中19家徽商企业上榜（见表20）。专精特新“小巨人”企业主要是在细分领域具备优势，具体表现为：专——专业化，长期专注于某一产品或细分领域；精——精细化，产品品质在业内得到公认，达到国际先进水平；特——特色化，专注特色生产和经营，按差异化去满足个性化需求；新——创新型，具有持续创新能力，能快速应对市场需求。

表20 工信部第一批专精特新“小巨人”企业中的徽商企业

序号	公司	产品
1	安徽艾可蓝环保股份有限公司	发动机尾气后处理产品
2	埃夫特智能装备股份有限公司	工业机器人
3	安徽省恒泰动力科技有限公司	内燃机活塞
4	安徽捷迅光电技术有限公司	色选机
5	安徽安泽电工股份有限公司	安泽系列电采暖
6	天长缸盖有限公司	内燃机气缸盖
7	安徽雪郎生物科技股份有限公司	C4二羧酸
8	安徽圣奥化学科技有限公司	防老剂6PPD、RT培司
9	安徽翰联色纺股份有限公司	人棉色纺针织纱
10	安徽红爱实业股份有限公司	羽绒服
11	合肥荣事达电子电器集团有限公司	智能家居
12	古麒羽绒股份公司	功能性羽绒
13	安徽科宝生物工程有限公司	胆固醇

续 表

序号	公司	产品
14	合肥燕庄食用油有限责任公司	燕庄芝麻油
15	安徽三宝棉纺针织投资有限公司	玉米纤维家纺
16	黄山精工凹印制版有限公司	凹印版辊
17	宿州市东大木业有限公司	实木复合地板
18	安庆市汇通汽车部件有限公司	推力杆总成
19	安徽银河皮革有限公司	功能性生态皮革

2018年，安徽省共有147个产品入选“安徽工业精品”。这批入选产品的载体企业全部建有技术中心或工业设计中心等各类研发平台，产品研发水平高，质量管控能力强，品牌培育持久，企业品牌拥有较高市场美誉度。这批入选产品重点围绕《中国制造2025安徽篇》确定的新一代电子信息、智能装备、节能和新能源汽车、智能家电、新材料等领域，密切跟踪国内前沿技术，深入挖掘市场需求，发力创新供给，既有知名大企业的拳头产品，又有“专精特新”中小企业的创新产品，产品各具优势特色。“安徽工业精品”的发布推广，将极大地推动安徽工业品牌走向全国，迈出国门，努力实现安徽工业和信息化领域产品质量、品牌跨越式发展。

2018年9月，安徽省经信委制定发布了《“安徽工业精品”提升行动计划（2018—2022年）》，其主要目标是通过提升行动计划的实施，在制造业领域打造一批名品、名企、名家、名牌、名园，培育一批“品质卓越、技术领先、性能优良、用户赞誉、效益良好”的“安徽工业精品”，着力提升“安徽工业精品”在质量、标准、管理、品牌等方面核心竞争力，推动“安徽工业精品”成为引领制造强省建设新标杆、产业发展新增量和高质量发展新载体。根据行动计划，安徽省经信委将围绕高端装备自主突破、智能产品迭代升级、消费品改善供给、首台（套）重大技术装备、新材料首批次应用等领域，打造一批“安徽工业精品”，聚焦世界一流企业、独角兽企业、专精特新中小企业、单项冠军企业梯队培育，培育一批创新能力强、智能制造水平高、管理先进的“安徽制造”品牌企业；培育知名度高、美誉度好、竞争力强、附加值高的区域品牌，建设一批以世界先进制造业集群、特色产业基地为重点的特色名园。到2022年，打造5个左右国家产业集群区域品牌，制定一批国际先进水平的“安徽制造”标准；制定200个左右先进行业标准、5个左右国际先进标准，培养一批以卓越科学家引领、创新企业家运营、精工巧匠支撑的江淮名匠名家。

四、徽商与“一带一路”

“一带一路”是“丝绸之路经济带”和“21世纪海上丝绸之路”的简称。2013年9月和10月习近平主席分别提出建设“丝绸之路经济带”和“21世纪海上丝绸之路”的合作倡议。“一带一路”建设旨在借用古代丝绸之路的历史符号，高举和平发展的旗帜，积极发展与沿线国家的经济合作伙伴关系，共同打造政治互信、经济融合、文化包容的利益共同体、命运共同体和责任共同体。在“一带一路”倡议的背景下，徽商紧跟国家步伐，开创了诸多辉煌。

1. 科大讯飞

由于“一带一路”建设不断推进，需要建立多语种翻译平台。在“一带一路”的政策沟通、道路联通、贸易畅通、货币流通、民心相通等“五通”中，首先要解决语言通畅的问题。“丝绸之路经济带”建设涉及语种近50个，人工翻译远不能满足要求。

语音是交流的基础，“一带一路”国际合作更加离不开各个国家之间平等自由的对话。讯飞翻译机的多语种翻译不仅包括“一带一路”沿线的55种语言，还覆盖近200个国家和地区，它的身影也出现在各大高端场合和重要活动中。2018年，讯飞翻译机在首届中国国际进口博览会、中国驻欧盟使团开放日、世界互联网大会、俄罗斯世界杯等不同领域的交流活动中充当“随身翻译官”的角色，还成为博鳌亚洲论坛的指定翻译机。

讯飞翻译机，世界聊得来！未来，随着“一带一路”的发展，以及全球文化、金融、信息等各方面的互联互通，讯飞翻译机将会在助力跨语言交流无障碍方面发挥更大的作用。

2. 奇瑞汽车

近年来，随着国家“一带一路”倡议和各项政策措施的顺利推进，我国自主品牌车企也纷纷加速在“一带一路”沿线市场布局。作为我国首次实现轿车批量出口的奇瑞汽车，其首次出口的叙利亚市场即为“一带一路”沿线国家，其后，东欧、中东、北非等“一带一路”沿线市场成为奇瑞海外市场布局的重中之重，这一点与国家“一带一路”倡议可谓不谋而合。在“一带一路”沿线65个国家与地区的市场中，奇瑞已进入了46个，建立了5个生产工厂和近900家销售服务网点，沿线市场销量占到奇瑞汽车总出口量的75%左右。

在“一带一路”沿线市场，奇瑞不仅打下了坚实的市场基础，同时树立了良好的品牌形象。2015年、2016年和2018年，奇瑞三次入选由国务院国资委指导主办的“最佳海外形象企业”评选20强（分别为中东、东欧和非洲），位列汽车行业第一位。2019年，奇瑞将正式进入欧盟和北美等发达国家市场。此前奇瑞已开始在欧洲和北美市场布局，分别在德国法兰克福和美国硅谷建立了研发中心，并且开始在欧洲筹建销售服务网络。依托“一带一路”的发展，奇瑞已经在沿线46个国家和地区展开布局，扎根发展，在输出产品的同时，布局研发、生产、配套零部件生产等，带动了大量汽车产能及汽车装备制造业的输出，取得了良好的社会效益和经济效益。

据奇瑞公司董事长尹同跃介绍，2018年奇瑞共出口汽车12.7万辆，同比增长18%；2019年奇瑞计划进入欧盟和北美等发达国家市场，海外市场销量将再上新台阶。

3.万朗磁塑

万朗磁塑是一家生产冰箱磁性门封的企业。目前已在泰国、澳大利亚、越南、俄罗斯、墨西哥等国家开发项目，还要陆续开拓印度、土耳其、印度尼西亚等市场，最终目标是进军美国。万朗磁塑泰国公司在巴真府、春武里有两家冰箱磁性门封工厂。这两家工厂的13条生产线年产900万套冰箱磁性门封，占泰国市场份额50%以上，是泰国三星、泰国伊莱克斯的独家供应商，也是泰国海尔、泰国松下、泰国日立、泰国夏普等公司的一级供应商。跟世界范围内的知名冰箱企业合作，既能保证产量形成规模效应，也能带动品质提升，树立品牌形象。目前，就市场份额和技术水平而言，万朗磁塑已经是全球第一，将来还要成为全球行业第一品牌。

4.阳光国际

阳光国际是安徽丰原集团在泰国投资成立的一家中泰合资生产型进出口公司，位于巴真府304工业园区，占地380亩，2011年建成投产。阳光国际也是泰国投资促进委员会（BOI）批准的农产品深加工企业，享受BOI企业所得税八年免征、五年减半征收的税收优惠政策。阳光国际以当地木薯干为原料，加工生产和销售柠檬酸及其盐类产品。柠檬酸在工业、食品业、化妆业等领域具有广泛的用途。目前国内生产的柠檬酸，已占据了全球70%的市场。丰原必须“走出去”，以产能和技术合作为依托，实现低成本国际化扩张。目前，丰原投资遍及东南亚、南美、中东欧等多个农业资源较丰富的国家和地区。

5.兴林机械

兴林机械是六安一家制砖机生产企业。近年来借助“一带一路”建设的东风，兴林机械积极布局东南亚、中亚、非洲等地市场，目前生产线已进入越南、孟加拉国、马来西亚、缅甸、乌兹别克斯坦等十几个国家。与欧美国家相比，兴林机械每台设备价格至少便宜50%，物美价廉，在当地很受欢迎。目前兴林机械的业务主要集中在东南亚、中亚等发展中国家。兴林机械还计划在缅甸与当地政府合作，兴办技工学校，为当地培养技术工人。

6.荃银高科

荃银高科是安徽“走出去”的一家农业企业。近年来，荃银高科紧跟“一带一路”建设步伐，积极拓展海外育繁推一体化，加大“走出去”力度。目前荃银高科累计在海外审定杂交水稻品种20多个，种子出口到东南亚、非洲、南美等地的20多个国家，深受欢迎。杂交水稻是荃银高科的拳头产品，在东南亚很多国家，当地水稻亩产只有300公斤，而荃银高科的杂交稻能够达到亩产500公斤，尤其在缺粮国家深受欢迎。荃银高科的水稻良种畅销印度、巴基斯坦、越南、印度尼西亚、孟加拉国等市场，每年向“一带一路”沿线国家出口水稻良种两三千吨。借助当地生产成本低的优势，未来荃银高科将加快海外良种基地建设，在当地育种，在当地销售，进一步降低生产成本和运输成本，深耕海外市场。

7.迈瑞生物医疗

早在2014年，迈瑞生物医疗就在肯尼亚首都内罗毕成立了分公司。目前，迈瑞生物医疗与中东欧16国在医疗健康行业有着合作。例如，在波兰，迈瑞生物医疗的设备覆盖超过85%的公立医院和私立诊所；在匈牙利、塞尔维亚等国家，迈瑞生物医疗也与大学、医院有着合作。在整个中东欧地区，迈瑞生物医疗每年举行近百场技术培训。

古有中国丝绸远扬西域诸国，今有中国迈瑞闪耀“一带一路”。在“一带一路”倡议的推动下，迈瑞生物医疗加快国际化发展进程，迎来了海外市场发展新契机。迈瑞生物医疗用迈瑞标准、迈瑞技术、迈瑞创新攻克一个又一个难题，引来世人对“中国制造”“中国智造”的啧啧称赞。

迈瑞生物医疗创始于1991年，是全球领先的医疗设备与解决方案供应商，总部设在中国深圳，在国内31个省（自治区、直辖市）均设有分公司，在北美、欧洲、亚洲、非洲等地区都设立了子公司，全球雇员近万名，形成了庞大的全球研发、营销和服务网络。目前，迈瑞生物医疗的产品与解决方案已应用于全球190多个国家和地区。迈瑞生物医疗在“一带一路”沿线的16个国家和地区建有20多个子公司和海外办事处。迄今，近60万台迈瑞生物医疗设备已入驻“一带一路”沿线国家和地区的医院、诊所和实验室，服务于当地医疗事业。2016年，迈瑞生物医疗在“一带一路”沿线国家的总销售额将近2.2亿美元，同比增长6.1%。

经过近20年的国际业务发展，迈瑞生物医疗的产品远销全球190多个国家和地区，进入大量全球顶尖医院与研究机构的核心科室。鉴于在全球专业医疗服务创新方面所做的努力，迈瑞生物医疗入选2018“一带一路”医疗专业服务案例。

8.正威国际集团

2018年9月30日，由世界500强企业之一、徽商名企正威国际集团投资建设的正威新疆“一带一路”产业园项目开工奠基仪式在乌鲁木齐经济技术开发区（头屯河区）举行，新疆维吾尔自治区党委副书记、自治区人民政府主席雪克来提·扎克尔出席仪式并宣布项目开工。仪式由乌鲁木齐市委副书记、常务副市长高峰主持。徽商企业家王文银表示，正威新疆“一带一路”产业园项目从酝酿到落实，得到了自治区各级领导的深切关怀和鼎力支持，是各方共同努力的结果。正威国际集团表示，将不忘初心、牢记使命，认真落实国家“一带一路”倡议，争取把项目早日建成，早日投产，并以正威新疆“一带一路”产业园项目为契机，加大在新疆的投资力度和产业布局，实现合作共赢的美好局面。正威新疆“一带一路”产业园项目包括金属新材料项目、新能源汽车项目以及产业配套项目等，其中配套项目包括建设“一带一路”西北总部基地、金融与国际结算中心、新丝路大宗商品交易中心、全球矿产资源供应链中心、新材料研发中心、培训教育基地、专家公寓、职工宿舍等。

9.安泰股份

2016年，安泰股份开始走出国门布局世界市场，在中东、非洲、欧洲、东南亚等地设立分支机构及落地项目。历经长足发展，安泰股份现已成为国内最专业、实力领先、最先“走出去”的智能化企业之一。经过两年多的国际业务展开，安泰股份先后与中国葛洲坝集团、中国十七冶集团、中国港湾、中国中土等中资企业建立海外市场拓展对接，与埃塞俄比亚、澳大利亚、加纳、泰国、越南、印度尼西亚、斯尼兰卡、马尔代夫等当地合作伙伴共同开发项目，依托安徽出版集团在俄罗斯、波兰等地的分支机构拓展当地市场。安泰股份以徽商的特有开拓创新精神砥砺前行，一步一个脚印地筑梦“一带一路”。在非洲，安泰股份以非盟总部的埃塞俄比亚为据点设立分公司，辐射非洲东北区域；以西非门户加纳为据点设立办事处，辐射非洲西南区域；与在中非及南非的合作伙伴共同开发项目，从而占据整个非洲市场。在欧洲，安泰股份依托在欧洲项目的落地，就地成立分支机构，展开欧洲市场开发工作。在澳大利亚，安泰股份依托和澳大利亚皇家墨尔本理工大学合作项目的落地，开发澳大利亚及其周边国家市场。在东盟，依托“一带一路”沿线的越南等国家，设立分支机构，辐射周边区域。在中东、南亚、拉美市场，项目落地后随即设立分支机构进行市场开发……不久的将来，安泰股份分支机构的红旗将插遍全球。“一带一路”建设，是中国梦，是世界梦，是每个人的梦！安泰股份闻鸡起舞，登高望远，撸起袖子加油干，必将有效助力“一带一路”沿线各国家和地区的繁荣发展。

10. 安凯客车

安凯客车是中国最大的全承载客车生产厂家，一直以来是中国高品质豪华客车的发展典范。近年来，安凯客车积极参与国家“一带一路”建设，凭借技术创新、绿色制造以及新能源客车领域方面的优势，在“一带一路”沿线国家和地区获得大量订单和良好声誉，成为“中国制造”的“品牌代言”。

2018年博鳌亚洲论坛再次提出了全球化背景下“一带一路”建设的重要议题，而在高端制造领域，安凯客车一直紧跟步伐，不断加快与“一带一路”沿线国家和地区的合作，取得了优异成果，仅2017年，就先后斩获缅甸500台、沙特600台等批量化大订单，并打破垄断，首次进入墨西哥、加纳等国际市场。

沙特是“一带一路”沿线重要国家，被誉为中国客车出口的“黄金市场”。这里常年高温、干旱少雨、风沙横行。每年，数以百万的伊斯兰教信徒从世界各地涌入沙特，参加一年一度的朝觐活动。极端的气候环境以及潮汐式的客运需求，既对运营车辆提出了严苛要求，也给当地客运服务带来极大挑战，客运服务业转型升级势在必行。

早在2007年，安凯客车便开始布局沙特市场。2011年，安凯客车一举实现3000辆校车出口沙特，创下了当年中国客车出口最大订单。经过十多年深耕与产品升级，安凯客车在沙特拥有超高的市场占有率。如今，伴随着沙特客运服务业的转型升级，以“高端品质”见长的安凯客车开始在沙特市场大展拳脚。

2017年，600台安凯A9高端客车交付沙特哈菲尔运输公司，成为高端车型大批量出口的一大创举。怀着对安凯品牌的深深信任，2018年，沙特哈菲尔运输公司再次与安凯客车签署销售合同，采购包括A9产品在内的800台客车。至此，安凯客车全面打开沙特高端客运市场，成为中国客车“走出去”的实力担当。

11.海螺集团

“一带一路”倡议提出后，海螺集团顺应世界经济发展大势，加快了“走出去”的发展步伐，应用最新技术和装备建设低碳环保水泥工厂，发展生态新材料项目，服务“一带一路”沿线国家和地区的基础设施建设，以质优价廉的建材产品助力当地民众生活改善，受到了投资国政府和人民的青睐。

印度尼西亚是东盟最大的经济体，人口超过2.4亿，基础设施较落后，经济发展潜力大，拥有丰富的石灰石、煤炭资源和良好的水运条件，具备建设大型水泥项目的基础。海螺集团根据市场与资源分布特点，对印度尼西亚全境进行了水泥规划。2014年11月18日，海螺集团在海外投资建设的首个实体项目——南加海螺首条日产3200吨水泥熟料生产线顺利点火投运。布局的南加、西巴、苏拉威西、孔雀港等多个项目也相继投产，基本实现了市场全覆盖，为“千岛之国”的基地设施与城镇建设提供了原材料。

缅甸自然资源丰富，工业经济处于发展初期，基础建设对水泥建材需求量巨大。自2013年开始，海螺集团对缅甸进行了全面的投资考察，规划水泥项目布局。通过与缅甸MYINT公司的共同努力，海螺集团在缅甸形成了皎施、曼德勒等多个项目载体，其中皎施日产5000吨生产线项目已建成，并成为缅甸的工业示范项目。正在建设的曼德勒等项目投产后，水泥总产能将达到1000万吨。

老挝紧邻中国云南，与中国双边经贸频繁，随着老挝经济发展，以及中老高铁、中老缅泰湄公河治理、国内公路及桥梁等大量基础设施工程的建设，老挝水泥市场发展前景广阔。经过反复论证，海螺集团把布局规划的重点选在了老挝首都万象和北部重镇琅勃拉邦。琅勃拉邦项目现已进入安装阶段，万象项目正在推进前期工作。

柬埔寨国内政局稳定，与中国一直保持友好关系，但经济发展水平不高，水泥市场增长潜力大。海螺集团多次组团考察，全面了解柬埔寨水泥工业发展现状与市场情况，踏勘矿产资源，论证建厂条件。目前规划的马德望海螺项目一期日产5000吨熟料生产线已于2018年3月18日正式点火。柬埔寨首相洪森在投产仪式上说，马德望海螺项目的建成投产为柬埔寨国家建设提供了动力，同时也为国家经济发展带来了利益。

俄罗斯提出的欧亚大市场和欧亚大通道构想，与“一带一路”倡议相互契合，中俄合作前景广阔。目前，海螺集团在俄罗斯乌里扬诺夫斯克州投资的水泥项目正在积极推进中。

自2011年海螺集团在印度尼西亚南加建设第一个项目起，海螺人披荆斩棘，辗转海外，从南加到马诺斯，从印度尼西亚到缅甸，从老挝到柬埔寨，从俄罗斯到乌兹别克斯坦，快速实施了“一带一路”沿线布局。

海螺集团董事长高登榜在公司2017年工作会议上强调，加快“一带一路”发展，是海螺成为世界一流企业的必经之路。经过数年的辛勤耕耘和不懈努力，海螺集团在印度尼西亚、缅甸、柬埔寨等国的投资项目已相继投产，在乌兹别克斯坦、巴基斯坦、泰国、格鲁吉亚等国的水泥和型材等项目先后落地。重组国贸集团后，海螺集团在“一带一路”沿线的投资布局与项目结构更趋完善，目前已在东南亚、欧洲、北美、非洲等地区拥有38家公司、41个项目，海外员工有3200多人。其中，海螺集团在印度尼西亚区域已形成较大的产业规模和强大的市场竞争力，规划布局优势逐步显现。

仅在2018年，海螺集团海外项目就捷报频传：6月11日，马德望海螺日产5000吨熟料生产线配套的9MW余热发电机组已成功并网发电；9月，缅甸海螺（曼德勒）绿色建材有限公司首期5万平方米门窗项目顺利投产，推进了海螺集团节能环保和新兴产业在缅甸的投资，促进了缅甸建材行业的健康发展；10月12日，海螺集团在印度尼西亚建设的最大的水泥熟料生产线——北苏海螺项目一期日产5000吨熟料生产线正式点火投产；12月15日，印度尼西亚西加海螺水泥中转库正式投运。

高质量发展是实现我国经济社会发展新旧动能转换的必然途径。海螺集团将在持续践行新发展理念的过程中，秉持共商共建共享原则，以创新为第一动力，以绿色为企业标识，以优质为品牌路径，以互利共享为发展宗旨，造福“一带一路”沿线国家和人民，在更高质量、更高水平上推动海螺国际化发展，着力创建具有全球竞争力的世界一流企业集团。

12. 古井贡酒

2012年至2018年底，古井贡酒已连续与三届世博会中国国家馆开启官方战略合作，绽放大国品牌风采。早在1988年，在法国巴黎举行世界食品博览会上，古井贡酒就一举夺得了金夏尔奖，完成了它走向世界的首秀；随后，作为中国白酒唯一行业代表品牌，古井贡酒年份原浆连续三届成为2012年韩国丽水世博会、2015年意大利米兰世博会、2017年哈萨克斯坦世博会中国馆官方合作品牌……无论到什么地方，古井贡酒纷纷得到世界各国友人的好评，生动地演绎了“中国龙，中国酒”的中国白酒民族品牌形象。2016年，古井贡酒推进“16+1合作”，走进保加利亚和波兰，香飘中东欧；2017年，古井贡酒成为上合组织秘书处指定用酒。古井集团董事长梁金辉曾经说过：“酒是文化的载体，文化需要尊重；酒是文明的体现，文明需要传承。”古井贡酒以真善美打动国外消费者，以民族自信重启国际化进程，从“酒神精神”悟道“贡献文化”，从“贡献天下”升格“贡献全球”，让世界在满溢的“中华第一贡”的香气里，重新体悟到了中国白酒和白酒文化蕴含的东方韵味。目前，古井贡酒已对美国、加拿大、新加坡、韩国、阿联酋、柬埔寨、法国等市场进行重点布局，并乘“一带一路”之东风，瞄准了欧盟、非洲、南美等市场，尤其是中亚、西亚、东南亚、东欧等“一带一路”沿线地区市场。未来，古井贡酒仍将肩负中国白酒文化传承的使命，高举“酒神精神”与“贡献文化”旗帜，让中国白酒飘香世界，让世界爱上中国白酒。古井贡酒还联合安徽广播电视台策划了大型节目《“一带一路”上的安徽人》，报道“一带一路”上的徽商。

13. 合肥中欧班列

合肥中欧班列的快速发展，为皖企开拓“一带一路”沿线市场构筑了陆上大通道。截至2019年7月底，这条“钢铁驼队”运行线路已达到17条，累计发运货物超过2.8万个40英尺标准集装箱，货值近22.4亿美元，已跃居长三角中欧班列发运总量（含中亚方向）第一位。运输货物由早期的服装、工艺制品等轻工业产品，逐步转向太阳能光伏、机械、液晶显示屏、智能机器人、电子产品等高附加值产品，货源辐射区域实现了华东地区全覆盖，并逐步向京津冀、华南、华中等地区扩展。2019年8月2日，第600列合肥中欧班列从合肥国际陆港发出。这组由47个集装箱组成，搭载着键盘鼠标器组合、摄像头、风力发电机定子瓣、光伏逆变器等货物的“钢铁驼队”沿着古老的丝绸之路，一路向西奔驰上万公里，最终抵达德国汉堡。

自1992年我省第一个海关特殊监管区域——芜湖出口加工区获批建设以来，各类开放载体对外贸发展的支撑作用日益增强。目前安徽已建成国家一类开放口岸7个，居中部第一，建成4个海关特殊监管区域、4个保税物流中心（B型）、22个公共型保税仓库以及12个进境指定口岸，基本实现了省内区域全覆盖，初步形成了水陆空立体式开放格局。

在“走出去”方面，截至2018年底，安徽企业境外投资合作目的地已扩展到137个国家和地区，开拓了欧美等发达国家市场和印度尼西亚、巴西、伊朗等发展中国家市场，海螺、马钢、江淮等一批安徽省内企业成功进军海外，实施了一批境外收购和国际产能合作项目，设立了一批海外研发中心，精心设计谋划安徽推进“一带一路”建设的“工笔画”。目前“安徽制造”正阔步走向世界，进出口总额从1978年的1063万美元增长到2018年的近630亿美元，年均增长约24.3%。安徽正在充分发挥世界制造业大会、国际徽商大会、科博会、跨境电子商务、“合新欧”班列、各类开发园区等平台作用，不断提升合作水平。安徽还要抓实交流活动，加强教育、科技、文化、旅游、卫生等领域的互动交流，推动“一带一路”建设不断走深走实。

徽商展望

一、徽商精神铸就徽商品牌

历史的画卷，总是在砥砺前行中铺展；时代的华章，总是在新的奋斗里书写。

曾经的中国繁华鼎盛，四大发明，誉满海外。历经近代的屈辱与灾难，中华民族始终不屈不挠，中国人民始终自强不息。如今的中国在新的历史起点，凝聚起同心共筑中国梦的磅礴力量，屹立于世界的东方。

在滚滚历史长河之中，徽商就是那争流的百舸，勇立潮头唱大风。一部徽商史亦是一部厚重的徽商品牌成长史，在一代代徽商成长的背后，徽商品牌熠熠生辉。

自古以来诚信经营、亦儒亦商是徽商精神的重要内核，恪守货真价实、童叟无欺、奉公守法、互惠互利的道德准则铸就了徽商品牌。大徽商胡雪岩亲手书“戒欺”和“真不二价”字匾，高挂店内，告诫员工“医药关系百姓性命，万不可欺”，“采办务真、修制务精”；徽商吴南坡“宁奉法而折阅，不饰智以求赢”，

“人宁贸诈，吾宁贸信”；徽商胡仁之大灾之年不为“斗米千钱”所动，平价售粮；清嘉庆年间，“胡开文”老店召回有瑕疵的徽墨，当众销毁，再一次证明了“苍珮室”名牌徽墨的质量……

也正是因为坚守诚信经营、亦儒亦商的精神，在明清商品经济发展进程中，徽商通过“一贾如不利，再贾至三贾”的艰苦努力，成就了“徽商”这一品牌的千古佳话。胡开文墨业、张小泉剪刀、胡玉美、胡庆余堂等一批知名徽商品牌历经数百年的风雨洗礼，始终保持品牌本色。

进入新的历史时期，新徽商异军突起，不仅续写了徽商传奇，也为徽商品牌打上了时代烙印。

当代新徽商锐意改革，勇于创新，在改革创新的征程中迅速做大做强，创造了一个又一个奇迹。在这些奇迹中，创新精神和品牌形象始终是徽商引以为豪的宝贵财富，是促进徽商事业可持续发展的关键。无论是苏宁的O2O商业模式创新，还是比亚迪新能源汽车的研发、科大讯飞创造IT和语音的结合，每一家徽商企业的成功，无不印证了品牌战略对徽商企业转型发展和续写辉煌的重要意义。

自2017年起，我国将每年的5月10日设立为中国品牌日，显示了我国实施品牌战略的坚定决心，这也必将进一步提高全民品牌意识，推动中国产品向中国品牌转变。在中国品牌走向世界的新时代，徽商企业争创知名品牌的热潮一浪高过一浪。

品牌是企业乃至国家竞争力的综合体现，也是参与经济全球化的重要资源。拥有国际品牌的数量和质量，体现了一个国家的经济实力和科技水平。习近平总书记高度重视品牌建设，强调要“推动中国制造向中国创造转变、中国速度向中国质量转变、中国产品向中国品牌转变”。这“三个转变”，为推动我国产业结构转型升级、打造中国品牌指明了方向、目标、任务和路径，意义重大。

多年来，安徽国际徽商交流协会举办的“中华百名优秀徽商”评选活动成效显著。2018年，安徽国际徽商交流协会首次开展“徽商知名品牌”评选活动，对于宣传徽商成就、拓展徽商品牌、推动徽商事业，都具有长远意义。

党的十九大报告中，习近平总书记指出，中国特色社会主义进入新时代，我国社会主要矛盾已经转化为人民日益增长的美好生活需要和不平衡不充分的发展之间的矛盾。报告中还提出，到建党一百年时建成经济更加发展、民主更加健全、科教更加进步、文化更加繁荣、社会更加和谐、人民生活更加殷实的小康社会，然后再奋斗三十年，到新中国成立一百年时，基本实现现代化，把我国建成社会主义现代化国家。对于贯彻新发展理念，建设现代化经济体系，报告明确指出必须把发展经济的着力点放在实体经济上，把提高供给体系质量作为主攻方向，显著增强我国经济质量优势。要弘扬劳模精神和工匠精神，营造劳动光荣的社会风尚和精益求精的敬业风气。

新时代中国特色社会主义思想是十九大报告的灵魂主线，整个报告的方方面面，战略部署都体现着习近平新时代中国特色社会主义思想的要求、价值、理念，这巨大地鼓舞振奋了广大徽商企业。我们要牢牢把握“八个明确”的主要内容和“十四个坚持”的基本方略，以此武装头脑、指导实践，坚定不移把新时代中国特色社会主义推向前进；我们要专心用心地创业创新，保持定力坚守实体经济，做到不焦躁、不灰心、不动摇，加快技术、产品、管理、商业模式等创新，培育以创新驱动和品牌引领为核心的竞争新优势，创造徽商新的辉煌。

品牌，是徽商发展的制高点，奋力攀登永远在路上！

“新时代要有新气象，更要有新作为”。在党的十九大精神指引下，徽商企业不仅明确了前进的方向，还有搏击的动力和清晰的路径。无论是坚守工匠精神，还是突破核心技术，都需要广大徽商企业家们勇担振兴中国品牌的使命，争创优质品牌，讲好徽商品牌故事，推动徽商品牌向中国品牌、世界品牌升级。

胸有凌云志，傲然搏长空！这就是我的希望和愿景！

（安徽国际徽商交流协会会长　张桂平）

二、高质量发展呼唤新徽商

在我国经济转向高质量发展的过程中，迫切需要解决经济增长动力转换、经济结构调整、产业迈向价值链中高端、产业集群升级等问题。明清时期“徽骆驼”“绩溪牛”塑造的徽商精神，是新徽商成长的巨大精神财富，也是高质量发展需要弘扬的企业精神。新时代是新徽商大有作为的时代，以科大讯飞、海螺集团等企业为代表的新徽商正引领着产业高质量发展。进入新时代，新徽商需要审时度势，施展才能，成己达人，报效祖国。高质量发展呼唤新徽商“四个更加注重”。

更加注重创新驱动。创新精神是徽商文化的灵魂。“敢为人先、开拓创新”“穷则思变、富而思进”是徽商的优秀品质。在重农抑商的明清时期，徽州人毅然走上经商之路，凭借敏锐的商业嗅觉，砥砺奋进，不怕风险，勇于创新，善于创新。创新是把一种新的生产要素和生产条件的“新结合”引入生产体系，包括产品创新、工艺创新、市场创新、供应创新和组织创新。新徽商既要传承和发扬徽商创新精神，又要吸收借鉴发达地区企业创新发展的经验，以更加开阔的视野、突破自我的胆识和锐意进取的激情，树立当代新徽商品牌。新徽商必须坚持创新驱动，切实把创新作为引领企业发展的第一动力。新徽商创新经营的重点是“三个加大”：一是加大核心技术研发。习近平总书记多次提到要掌握核心技术，并指出核心技术受制于人是最大的隐患，而核心技术靠化缘是要不来的，大国重器必须掌握在自己手里。真正的核心技术是买不来的。“独角兽”企业和“瞪羚”企业往往具有核心知识产权，具有颠覆性创新成果。二是加大企业升级力度。企业升级包括引入新工艺、新技术、新流程的工艺升级，改进老产品，推出新产品，单位价值提高的产品升级，向上下游延伸价值链的价值链升级，以及利用在原行业的某种优势进入新行业的价值链升级。三是加大培育新增长点力度。在中高端消费、绿色低碳、共享经济、现代供应链、人力资本服务等领域培育新增长点，紧密契合新一轮技术革命为企业成长提供的历史机遇，抓住互联网、大数据、人工智能和实体经济的融合为企业成长提供的商业机会。

更加注重合作经营。徽商主张竞争与合作并存的包容性经济，重视团体的力量。新徽商合作经营需要“三个融入”：一是融入地方产业集群，与集群共同成长。地方产业集群是中小企业及其关联机构的地理集中，是地方开放式的区域创新系统，具有外部经济、范围经济、关联经济、低成本效应等特征，企业之间竞争与合作呈现良性互动。二是融入共生经济，促进企业之间互惠共生共荣。从世界范围看，连续共生模式已经显示出旺盛的生命力，企业集团、系列分包、企业联盟、原子式组织、企业网络等都是连续共生模式的典型形式。随着专业化分工的发展，生产正走向多样化和柔性化，资产专用性增加，交易频率上升，企业之间产供销密切协作的连续共生模式成为一种趋势。企业之间通过股权、显性或隐性契约、信任、友谊、文化等媒介结成连续共生模式的效率会大于通过市场相互交流的水平。利用股权、契约等纽带加强企业之间的长期合作和持续性交易，有利于形成互惠共生、互惠成长的良性循环。三是融入协同创新的科技创新体系。党的十九大报告指出，要建立以企业为主体、市场为导向、产学研深度融合的技术创新体系。新徽商要加强协同创新，与地方政府、大学、研究机构紧密合作，打通企业创新链条，促进科技难题攻坚和科研成果转化。

更加注重文化建构。以徽商文化为核心凝聚各方力量，共商共建共享，实现企业做大做强的目标。重点做好 “三个加强”：一是加强学习型企业建设。“贾而好儒”是徽商特色之一，徽商热爱学习、善于学习、与时俱进的品质在新时代必将大放异彩。在科技革命和信息技术的推动下，知识更新和产品升级换代加快，产业和技术生命周期缩短，企业学习能力尤为重要。学习型企业建设需要经过建立愿景、团队学习、改变心智、自我超越和系统思考阶段。要通过持续学习，及时铲除发展道路上的障碍，不断突破企业成长的极限。二是加强诚信经营。“诚信”是徽商经营成功的法宝。徽商历来把“货真、价实、量足、守信”八个字作为经商原则，以义取利、重义轻利、利不克义、舍利取义，坚持以诚信待人，树立了良好的儒商形象。商业诚信是新徽商的无形资产，是企业商誉的重要组成部分，是企业吸引客户的重要招牌。三是加强企业社会责任。徽商“以义为本”，经常修桥、筑路、办学校、开药堂等，这样的善举使古徽商到处为人称颂。新徽商同样需要具备强烈的社会责任意识，要以消费者需求为导向，紧紧依靠广大职工，团结协作，给股东合理回报；对国家和社会尽责，做到依法纳税、保护环境、扩大就业；对消费者尽责，为消费者提供高性价比的产品和服务；对员工尽责，切实维护员工合法权益。

更加注重优势培育。竞争优势是古徽商成功的关键，更是新徽商成长的基石。在市场经济条件下，激烈的市场竞争优选出效益与效率高的企业，淘汰效益与效率低的企业。新时代下培育竞争优势的重点是“三个推进”：一是推进差异化竞争优势培育。竞争优势不仅强调传统的成本优势，而且更为强调差异化优势。以市场需求为导向开展技术创新、品牌培育、质量提升和服务升级，实现由成本、价格优势为主向以技术、品牌、质量、服务为核心的差异化优势转变。二是推进技术标准优势培育。21世纪以来，技术标准逐渐成为企业国际竞争的重要游戏规则，产业标准的制定权逐渐成为企业的争夺对象，主导国际标准的企业在产业竞争中往往居于市场领袖地位。技术标准竞争从本质上看是技术轨道竞争，竞争的目标是产业主导技术轨道。三是推进核心能力优势培育。核心能力是企业的符号与标志。企业核心能力是通过整合企业内部各种技能和技术来提升企业持续竞争优势的积累性知识，以及这类积累性知识的运作水平。核心能力是企业竞争优势的基础，要实施以核心能力为基石的关联多元化，在价值链的某一环节横向一体化，打造以核心能力为特征的进入壁垒和技术垄断。

（安徽财经大学副校长　冯德连）

三、徽商企业转型升级的新趋向

中国经济正在从高速增长向高质量发展转变，新旧动能转换持续强化，科技创新进入密集活跃期。新一轮工业革命和产业变革正以前所未有的速度塑造产业新格局，为全球徽商企业的转型升级注入了强大动力。

科技创新与实体经济的深度融合，不仅重构创新版图和经济结构，还孕育着大发展的生机。踏在第四次工业革命大潮的节拍上，徽商在转型中创新，主要呈现出四个新趋向。

第一，传统产业向高端制造业转型的“变道超车”。

在安徽省内，徽商正在从传统的烟、酒、茶等轻工产业向家电、水泥、钢材、有色金属等制造业转变，聚焦制造业高质量发展，打造新的“铜墙铁壁”。

从全国范围看，安徽制造业已有多项指标位居第一方阵，如全国每3台冰箱、每4台洗衣机、每5台空调就有1台是“安徽制造”，奇瑞乘用车出口量连续15年居中国第一，铜陵有色铜加工产量居全国第一。

从全球范围看，海螺水泥产量居亚洲第一，江淮汽车与德国大众开展合作。2019年7月，《财富》世界500强企业榜单发布，铜陵有色金属集团和海螺集团首次进入世界500强行列。

从徽商的产业地图看，也发生了很多新变化。在广东，徽商主要从事的是制造业，涵盖新能源汽车、铜业、人工智能、精密仪器、家具等产业；在浙江，徽商主要从事服饰、装饰、医药、食品、汽贸等产业；在上海，徽商主要从事物流、新材料、旅游、餐饮等产业；在江苏，徽商主要从事商贸流通、商业地产、装备制造等产业。

第二，智能制造为徽商创新发展“添薪赋能”。

2019年3月，国务院《政府工作报告》首次正式提出“智能+”概念。在新时代创新发展的大趋势下，各地徽商聚焦产业智能化和智能产业化，坚持推进大数据、云计算、区块链、人工智能、5G商用与制造业的深度融合，战略性新兴产业异军突起。

“安徽制造”享誉中外，世界第一台VCD，中国第一台国产空调、微型电脑都诞生在安徽。近年来，“安徽制造”更是在不断奔跑，研制出世界最薄0.12毫米浮法玻璃，建成全球首条最高世代10.5代线，诞生全球首颗量子通信卫星、首条量子保密通信网、首台量子计算机等。据初步统计，“安徽制造”已创造出七个世界第一。

特别是安徽的“芯屏器合”，正在实现由以前的跟跑并跑转到某些领域的并跑领跑，引起了广泛关注。“芯”是芯片产业。安徽经过持续努力，已经集聚了100多家包括骨干企业在内的集成电路企业，未来的合肥将“芯”光灿烂。“屏”是新型平板显示产业。目前合肥已成为集6代线、8.5代线、10.5代线于一身的世界最大的平板显示基地。“器”是装备制造及工业机器人产业。目前六轴机器人产量居全国第一位，芜湖埃夫特智能机器人成为国内最畅销的机器人品牌之一。“合”是人工智能和制造业融合。科大讯飞的智能语音技术让机器像人一样能听会说；老牌家电企业荣事达打造出“智能家居全价值链双创中心”，被国务院总理点赞；传统机械制造企业合力叉车建立起了政产学研多方参与机制，打造工业互联网平台；比亚迪新能源汽车拓展人工智能的新领域，为先进制造业增加新动能。

第三，新业态新模式成为徽商企业创新的“加速神器”。

从传统产业到“互联网+”转型中，徽商主动顺应数字化、定制化的用户新体验，优化生产过程，实施品牌战略，打造以产业链为基础、以创新链为引领的制造业升级版，产生了一批知名的徽商企业和优秀徽商精英。

在芜湖，章燎原带领三只松鼠打造出互联网食品第一品牌，2019年7月，三只松鼠成功登陆主板市场；在南京，苏宁从电器大卖场转型为苏宁易购互联网电商平台；在上海，洪清华带领驴妈妈将大数据与旅游出行相融合，打造智慧旅游全产业链；在最传统的食品餐饮业，上海的巴比馒头、合肥的老乡鸡都已经转型为数字化、连锁式、全链条的现代食品产业，两家企业正在谋划登陆资本市场。

第四，制造业与服务业深度融合产生“化学反应”。

新一轮技术革命更加强调技术突破和服务推动的齐头并进，徽商企业要树立“产业体系观”，打造服务型制造平台和共性技术平台，催生新技术、新产品、新模式。

一方面，是由制造企业升级出的服务。在合肥，华米科技将智能制造与产品服务有机融合，做的不仅仅是一个手环，而是由一个小手环衍生出一系列数字化、智能化、人性化服务；荣事达也不仅仅是生产智慧家居，更重要的是围绕一套家具用品提供各种各样的生活类服务。

另一方面，在服务于先进制造的金融资本、科技咨询等领域，徽商的力量也在持续壮大。2018年，安徽全面开展“四个一”创新主平台和“一室一中心”建设，全方位对接大院大所。首批10家安徽省实验室和10家安徽省技术创新中心的建设提升了平台创新活力，完善了创新平台体系，为科技孵化、科技咨询服务等领域的提速发展提供了强力支撑。

面对百年未有之大变局，中国经济的质量变革、效率变革和动力变革正在持续深入，这是徽商抢抓新机遇的重要“风口”。在这样一个大变革的关键时期，徽商更应携起手来，共同践行创新、协调、绿色、开放、共享的新发展理念，深化“一带一路”开放合作，不断提升产业链、创新链和价值链水平，才能在高质量发展中更好地实现共享共赢，在转型升级中标注下属于新徽商群体的创新刻度。

（决策杂志社总编辑、安徽创新发展研究院执行院长　张道刚）

四、徽商的昨天、今天、明天

明清时期徽商是我国商业发展史上的一个奇迹，曾雄踞中国商界达四百年之久，有着无比辉煌且难以复制的历史。在徽商最鼎盛时期，徽商拥有的财富巨大，甚至是“富可敌国”，如徽商江春曾拥有财富达3000万两白银，相当于当时清政府税课（可理解为国民收入）的三分之一，徽商胡雪岩在鼎盛时期拥有的财富也曾达到3000万两白银……

1.辉煌的昨天

纵观徽商昨天的辉煌发展，有一定的时代背景因素，当然更多的是徽商文化与徽商精神造就了徽商辉煌的昨天。

（1）客观地域环境的影响。徽商的形成与发展与其所处的地理环境和人多地少的恶劣状况有着密切的关系。徽州多商贾的直接动因就是人地矛盾引发了生存危机。人地矛盾导致人们再也不能靠着土地生存，被迫外出经商谋求出路成为一种常态，也成为一种必然。

（2）中原氏族南迁教化、繁荣了徽州。徽商起源最早可追溯到1700年前的两晋。中原历经长期战乱，特别是两晋之乱、安史之乱、靖康之乱三次大乱后，中原强宗豪族、达官贵人大举南迁徽州，聚族而居。他们为徽州带来了先进文明，教化并繁荣了徽州，也为后来徽商的产生带来了文化基因和经济基因。

（3）建立会馆等组织抱团发展。明清时期商品经济发达，东南沿海城市繁荣，徽商的竞争对手遍布天下。为在竞争中成为赢家，必须消除内部的彼此消耗，消除“桑梓同志”之间的“互相残杀”，于是徽商结成“营道同术、一致对外、以众帮众”的群体，并建立徽商组织——徽州会馆或徽商会馆，这样不但可以减少彼此之间的损耗，还能为外出经商的徽州人或赶考子弟提供食宿方便或资助，不仅有利于当地徽商开展商业活动，还有利于整个商帮势力向外持久扩张。

（4）尊崇“程朱理学”并发展教育。理学的领袖人物朱熹就是徽州婺源人，徽州诵经之声不绝，崇儒之风日盛，乃至于“十户之村，不废诵读”。徽州人一向重视文化教育，舍得在教育上投入大量资金，教子习儒参加科考并鼓励其跻身仕途。徽商子弟中考取功名的大有人在。例如，从乾隆到嘉庆十年（1805）的70年里，同在两淮经营盐业的徽商子弟有265人通过科举入仕，而晋商子弟仅22人入仕。另据统计，从隋唐到清末的1300多年间，徽州籍及其寄籍子弟参加科考入仕的不计其数，徽州出的宰相和状元数量占全国的二十四分之一左右。所以，在徽州当地，“一门九进士、六部四尚书”成为佳话。

徽商的成功经验最为经典，有以下三个方面：

一是创新并采用灵活的资本运作方式。徽商资本组合形式是多样化的、灵活的，如行商坐贾并行、商品的囤积与垄断贸易并行、产销一体化与赊销赊购并行等。徽商所采取的资本运作方式十分灵活。比如对于初期创业的同乡，徽商采用贷资经营、合资经营或委托经营的方式。合资经营是指乡族宗亲之间通过投资入股，再对投资合股者各自的权利和义务制定详细明确的规定，这种方式是将经营风险按股份分摊给大家，因而每个人所承担的风险就极小。由此可以看出，徽商很早就通过多种灵活的资本运作方式，将相互之间的商业资本与金融资本进行有机融合。

二是注重总结并践行“传、帮、带”精神。徽商传承方面最值得一提的是徽商的途程观念（相当于经商指南细则）。途程是指地理、水陆交通路线方面的知识。明清时期，徽州“商贾四出”，他们奔走于世界各地，主要从事长距离的商品贩运贸易，如不了解有关的地理、交通、关津、民俗以及物产行情等常识是无法前进的。徽商前辈们在行走四方的过程中熟谙了这些知识，并将自己的多年积累编纂成商旅路程图书，作为经商行路的指南。其中最著名的是明中叶休宁大贾黄汴的《一统路程图记》，书中详细介绍了各地道路的起讫分合、距离、行走难易和水陆驿站名称、食宿条件、物产行情、社会治安、行会特点、船轿价格、名胜古迹等。时人评价说："商贾得之，可知风俗害……"前辈在经商过程中所树立起来的牢固的途程观念和所掌握的丰富的途程知识，为徽商开拓当时国内广大的农村市场起到了重要作用。

三是商誉至上、以德治商。徽商本质上是儒商，其经营策略可以用四个字来概括，即"以德治商"。几百年来，徽商大都通过长期艰苦的努力去建立起良好的商业信誉，并极力维护。徽商已将商誉看作商品价值甚至是个人商业生命的一部分，他们认为树立起良好的商誉，并以此获得顾客的充分信赖才是商业兴旺发达的保证，这些思想在徽商经营活动中处处可见。

从1840年鸦片战争到1949年新中国成立的一百多年间，徽商与国家同命运，一起进入了较长的衰落时期。具体到徽商衰落，其原因很多，除了当时清政府的苛捐杂税太多、太平天国运动等原因外，其他原因有以下四个方面：

一是徽商盐业垄断市场的结束。徽商的主体是盐商，在清政府实行"纲盐制"时，徽州盐商所经营的盐业是受政策保护最多的产业，徽州盐商凭借垄断两淮盐引的特权，在徽商中实力最雄厚。而道光年间清政府在两淮实行了"改纲为票"的盐法改革，从根本上取消了徽州盐商在两淮盐业中的垄断特权，于是徽州盐商丧失了竞争能力，从此便一蹶不振。

二是传统生产经营方式的衰落。外国商品加入竞争后，徽商没有后发优势。如在清光绪之前由于外国不谙种茶之法，中国茶叶在国际市场上处于绝对垄断的贸易地位，所以徽商能大获其利，也促成了徽商在我国近代外贸中成为实力最强的商人集团。但富裕起来的茶商没能居安思危。清光绪时期，印度、锡兰等国大面积引种茶叶成功，还采用近代工业化生产，使用机器制茶，提高了制茶工艺，这就争夺了徽商的国际市场，徽州茶商也逐渐失去了竞争力。

三是积累的资本未用于扩大再生产。鸦片战争后，国家陷于混乱，徽商没考虑长久后路，获利后没有继续扩大再生产，不注重再创业而注重功名，由原来勤奋敬业、吃苦耐劳变成追逐功名、大兴土木、广建豪宅，把大量的金钱用于买田置地、修祠建房等，其直接后果就是商业资本萎缩，难以适应市场的激烈竞争而走向衰落。

四是未进入实体经济领域。徽商的辉煌过去更多的是依赖贸易与资本，没能进入真正的实体领域。安徽最早的缫丝企业创建人是胡练九，他于1941年在绩溪开办缫丝企业。由此可以看出，徽商涉足实体经济领域的时间较晚。另外，新中国成立后进入社会主义改造时期，原来各地徽商大量的商业以及徽商涉及的加工业被收归国有或集体所有，徽商作为一个商人集团开始淡出了人们的视野，而徽商资本和财富开始以一种新的形式融入社会主义经济大动脉之中，“徽骆驼”精神和徽商文化也融入各地文化中，成为中华精神和华商文化的主要精髓之一。从这个角度看，徽商和徽商文化已蜕变重生，今天又成为广义上的徽商和徽商文化的奠基石。

2.崛起的今天

辛亥革命后，徽商受官、儒、兵、洋等影响，每况愈下。改革开放后，沿海粤、浙、闽、苏、沪等商帮迅速崛起。傻子瓜子的创始人年广久成为20世纪80年代的徽商风云人物。20世纪90年代至今，一大批富有成长力的新徽商中小企业开始崭露头角。从美菱、荣事达到海螺水泥、铜陵有色金属和马钢，从江淮汽车、奇瑞汽车到今天的三只松鼠、科大讯飞，从安徽省内徽商企业到省外的苏宁控股、比亚迪、巨人网络、正威国际、雨润食品等，今天的徽商正在不断崛起。

今天，国内外徽商（安徽）商会有220多家，联系各地徽商企业近十万家，“徽商组织遍天下”的梦想已经实现。目前，年销售额超千亿元和近千亿元的徽商企业有十余家，年销售额达百亿元的徽商企业有近百家，省内外已上市的徽商企业有近两百家。安徽省国际徽商交流协会创会会长吴昌期认为，徽商实力主要表现为“硬实力”和“软实力”两个方面，“硬实力”是指徽商企业的规模和创新能力，“软实力”是指当代徽商文化的建设成果。现代徽商硬实力的代表是徽商上市公司和徽商百亿企业，这类徽商精英企业主要在广东、江苏、浙江、上海、北京等地。2017年，广东省安徽商会联合有关徽商发起成立广东徽商上市企业委员会，为交流高层次经济形势和产业投资信息，打造广东徽商资本高地，创立高端投资合作平台，实现产业和资本的高效对接等构建了一座有影响力和活力的桥梁。各地徽商组织正联合所在区域的徽商企业共同研讨在机制创新、结构调整、市场开拓、资本需求、产品更新、企业联合、人才培训、政商关系等方面的抱团发展，做大做强徽商企业。另外，徽商组织应进一步探索研究徽商文化，积极传播徽商文化。徽商企业要在经营理念、商业道德、管理规范等方面努力拓展现代徽商文化，在书画艺术、博物收藏、会馆建筑等物态文化层面不断传承创新。2015年，由广东省安徽商会常务副会长吴福庆创办的深圳至正艺术博物馆与联合国教科文组织在深圳签署了战略合作框架协议，这是我国民间博物馆与联合国教科文组织首次合作，对促进我国文化产业发展具有里程碑式的意义。为了积极弘扬当代徽商文化软实力，各地徽商组织都在积极利用新媒体传播当代徽商文化，如设立徽商文化微信公众号、组织拍摄徽商文化系列微电影、设立新徽商文化网、召开新徽商文化论坛、举办新徽商书画文物展、建设新徽商文化大数据、组织评选新徽商文化大奖、编撰新徽商文化丛书等。

3. 美好的明天

时代在发展，环境在变化，但“徽商”这个金字招牌会永续辉煌。纵观徽商的未来，在“徽商”这个知名品牌背景下，一批新徽商正在成为行业的领头羊，他们年轻有活力、学历高、有智慧，经营的产业新、有潜力。这些都为徽商美好的明天奠定了基础。

（1）长三角区域一体化发展背景下的新机遇。在长三角区域一体化发展上升为国家战略的背景下，徽商的机遇非常大，长三角地区涌现出了一批“80后”新徽商，如驴妈妈的洪清华、微盟集团的孙涛勇、兑吧集团的陈晓亮、云集的肖尚略等，他们所创办的企业都是长三角地区的新兴企业，其中多家都已上市，在长三角地区，巴比馒头、云从科技等都是行业的引领者。与此同时，安徽16个地市积极融入长三角地区的杭州都市圈、南京都市圈、合肥都市圈，在科技、人文、交通、产业、旅游等方面实现无缝对接。在长三角区域一体化发展背景下，抓住发展机遇将是徽商美好明天的开始。

（2）徽商“二代”的传承。一批徽商企业已经完成了“二代”的传承与交接。徽商“二代”企业家继承了父辈的优良传统，同时又敢于创新，他们主动推动质量变革、效率变革、动力变革，加大研发经费投入和人才培养引进力度，全面推进技术创新、产品创新、管理创新和制度创新，在迎接转型升级挑战中实现高质量发展；以聚焦主业为安身立命之本，以做强实业为永续发展之基，苦练内功，深耕细作，努力铸就百年老店，实现基业长青；进一步增强社会责任感，努力推动扩大就业，构建和谐劳动关系。徽商“二代”企业家的创新与拼搏将会使各类榜单上的徽商名企越来越多，他们把企业的梦想融入中国梦之中，以企业“由大到强”服务国家“由富到强”，写好新时代的新徽商传奇。

如同国家主席习近平在2019年新年贺词中所说：“新征程上，不管乱云飞渡、风吹浪打，我们都要紧紧依靠人民，坚持自力更生、艰苦奋斗，以坚如磐石的信心、只争朝夕的劲头、坚韧不拔的毅力，一步一个脚印把前无古人的伟大事业推向前进。2019年，有机遇也有挑战，大家还要一起拼搏、一起奋斗。”在新时代背景下，昨天的辉煌给我们留下了宝贵的财富，今天的徽商正在快速崛起，为了明天更美好，天下徽商正在奋力拼搏！

（安徽财经大学新徽商研究中心副主任、新徽商商学院执行院长　王唤明）

附　录

一、改革开放四十周年徽商大事记

1978年11月24日夜，安徽省凤阳县小岗村生产队队长严宏昌和17位村民聚在一起，在“分田到各家，包产到户”的保证书上摁下了红手印。同一天，芜湖市中山路上的年广久，正忙着卖瓜子。此时在1000公里外的北京，中央工作会议正在召开。20天后的12月13日，邓小平在会上作了《解放思想，实事求是，团结一致向前看》的讲话。又过了5天，12月18日，党的十一届三中全会召开，迎面吹来的，是改革的春风。历史的车轮滚滚向前，2018年，改革开放40周年，新时代的徽商踏在时代前行的浪潮上，用创业创富故事书写了新的辉煌。

1. 傻子瓜子的创始人年广久因邓小平多次提及并收入《邓小平文选》而闻名全国，号称“中国第一商贩”。年广久三次被邓小平点到名字（《邓小平文选》收录了其中的两次），分别在1980年、1984年、1992年，这也正好是改革开放的三个重要转折点。年广久命运的起承转合被认为是切合着我国经济的发展进程。

2.1978年，12岁的张亚勤考入中国科学技术大学少年班，成为当届中国年纪最小的大学生。1985年，马东敏考入中国科学技术大学少年班，2000年，马东敏与李彦宏创立百度公司。2014年9月，张亚勤正式加入百度公司，任总裁。

3.1979年7月，邓小平登上黄山，中国现代旅游业从黄山出发。1996年11月，承载着“把黄山的牌子打出去”的初心，黄山旅游发展股份有限公司正式成立，开创了黄山发展现代旅游业的新纪元。1979年11月22日，该公司在上海证券交易所上市交易。1997年4月17日，该公司4000万股A股上市发行。

4.1980年，扬子集团成立，走了一条全新的改革发展道路。1984年，宣中光任扬子集团董事长。到1991年，扬子集团已成长为中国家电行业的龙头企业之一。1992—1993年，扬子冰箱的市场占有率名列中国冰箱业排行榜第2位。

5.1984年，安徽省创办了第一家中外合资企业——中国安利人造革有限公司。经过30多年发展，该公司已成为行业冠军，是国家级高科技企业。

6.1984年，张巨声进入合肥市第二轻工机械厂（美菱前身）转产家用冰箱。1985年，引入意大利生产线后的美菱冰箱正式下线。到1989年，美菱冰箱进入全国行业第4位，跻身全国企业500强。

7.1985年，合肥雨具厂成为第一个以职工投资入股的方式试行企业股份制的企业，使职工既是劳动者、经营者，又是企业生产资料的所有者和成果的受益者。这是安徽第一家股份制改革试点企业。

8.1993年10月18日，合肥美菱股份有限公司在深圳证券交易所挂牌上市，是安徽第一家上市公司。

9.1993年9月4日，姜万勐研制出世界上第一台VCD，这是消费电子产品有史以来中国唯一领先世界的成果。

10.1993年11月3日，马钢股份H股在香港联合交易所上市，被誉为中国钢铁第一股。

11.1994年4月，安徽省经济成果展在北京举办，美菱、荣事达、扬子等家电企业精彩亮相。在这次展会上，安徽宣布“冰箱、洗衣机、空调产量已分别位居全国第1、第2、第3位”，第一次打出了“轻工大省”的名号。

12.1995年，安徽无为人王传福在深圳创办比亚迪公司，现已成为一家拥有IT、汽车及新能源三大产业群的高新技术民营企业。2008年9月29日，巴菲特购买比亚迪的股票，十年间获得丰厚回报。

13.1996年，合肥百货A股在深圳证券交易所上市，成为安徽省首家商业零售上市公司，被誉为安徽商业第一股。

14.1996年，陈荣珍带领荣事达集团，建立起中日、中美、集团本身“三足鼎立”格局，提前一步实现混合所有制。陈荣珍由此在家电行业被称为“第一经理人”，是“资本运作的艺术家”。

15.1997年1月，奇瑞公司注册成立，在“干不成就跳长江”的激励下，奋斗近3年，奇瑞第一辆汽车于1999年12月18日下线。2007年8月22日，奇瑞第100万辆汽车正式下线。

16.1997年后史玉柱东山再起，其还债的故事续写了徽商的“诚信”，也开创了商业神话。他于1991年在广东珠海创办巨人新技术公司。

17.1997年4月4日，徽商银行注册成立。徽商银行是经中国银监会批准，全国首家由城市商业银行、城市信用社联合重组成立的区域性股份制商业银行，总部设在合肥。2005年11月30日更名为徽商银行股份有限公司。

18.1997年12月，海尔正式进入合肥，引来了年产值过百亿元的“金凤凰”。在海尔的带动效应下，美的、格力、TCL、惠而浦、三洋等国内外家电业巨头纷纷落户，合肥成为家电品牌集中度最高、产业链配套最完整的城市，崛起为“中国家电第一城”。2011年，家电产业成为合肥第一个千亿元产业。同时，安徽形成了合肥—芜湖—滁州家电产业“黄金三角”。

19.1999年12月30日，科大讯飞在合肥成立，专业从事智能语音及语言技术研究、软件及芯片产品开发、语音信息服务及电子政务系统集成。

20.2000年，联合利华开始在中国进行新的战略布局：以上海为管理和科研中心，以安徽合肥为生产加工基地。联合利华在合肥的生产基地2002年投产，生产范围涵盖家庭及个人护理产品、茶叶加工。目前，合肥工业园已成为联合利华全球最大的生产基地之一，成为真正的全球供应中心。

21.2001年8月9日，洽洽食品股份有限公司在合肥经济技术开发区成立，这是一家以传统坚果炒货类食品为主营，集自主研发、规模生产、市场营销为一体的现代休闲食品企业。2011年3月，洽洽食品股份有限公司在深圳证券交易所正式挂牌上市，成为中国坚果炒货行业第一股。

22.2003年9月15日，首届中国徽商大会在合肥召开，400多位全国大型企业负责人、20多位重要官员和专家出席此次大会。

23.2004年5月，安徽四创电子股份有限公司在上海证券交易所挂牌上市，成为国内第一家以雷达为主业的上市公司，被誉为中国雷达第一股。

24.2005年5月18日至19日，第一届中国国际徽商大会在安徽国际会展中心举行，大会主题是：交流、合作、发展、繁荣。第一届中国国际徽商大会由五大板块组成：一是招商引资，二是精品展示，三是科技人才交流，四是文化宣传，五是徽商论坛。

25.2005年5月18日，第一届徽商论坛在合肥举行。该论坛以“徽商与安徽崛起”为主题，由多项活动组成，同时进行了新徽商系列评选活动和徽商研究论文选的编印。

26.2005年5月18日，安徽国际徽商交流协会正式成立。截至2018年底，全球共有220多家徽商（安徽）商会，所属会员企业有2万多家。

27.2005年11月，安徽出版集团成立，这是一家集图书、报刊、电子音像及网络出版物的编辑出版、印刷、复制、发行、物资供应与经营等业务于一体，兼营房地产开发、商品进出口、内贸、医药等业务，又拥有数码传播、数字出版、信息服务等新兴出版业务的大型文化企业。以安徽出版集团、新华发行集团为代表的大型文化企业组成了“文化皖军”。2008年9月18日，时代出版传媒股份有限公司成为全国率先以出版业务整体上市的公司。

28.2008年，科大讯飞在深圳证券交易所挂牌上市，被誉为中国人工智能第一股。

29.2011年3月，辉隆股份在深圳证券交易所中小板上市，成为中国农资行业第一股。

30.2012年，工信部与安徽省人民政府签署《共同推进安徽省语音产业发展合作备忘录》，中国声谷成为由工信部与安徽省人民政府共建的部省重点合作项目。2018年5月，工信部与安徽省人民政府签署《进一步共同推进安徽智能语音产业发展合作协议》，提出用5年左右时间，将中国声谷打造成全国智能语音领域产业发展高地。

31.2012年2月16日，三只松鼠创业初始团队在安徽芜湖创建“三只松鼠”品牌，3月10日，获得IDG资本150万美元的天使投资。2013年4月，三只松鼠荣获“全国坚果炒货营销十强企业”称号。

32.2014年，安徽绩溪人戴威与4名合伙人创立ofo共享单车，提出“以共享经济+智能硬件，解决最后一公里出行问题”的理念，创立国内首家以平台共享方式运营校园自行车业务的新型互联网科技公司。

33.2015年10月9日，生产销售基地位于安徽的澳洲三和建材科技股份有限公司正式登陆澳大利亚亚太证券交易所（APX），交易代码“ APX 819”。这家由原安徽三和混凝土有限公司改制而来的上市公司，成为赴澳上市中资企业的又一成功案例，也是徽商澳洲第一股。

34.2017年5月19日，安徽博约信息科技股份有限公司在北京举办新三板挂牌上市仪式（股票名称：博约科技），这标志着中国舆情第一股诞生了。

35.2017年6月1日，在中德两国国家总理的见证下，安徽江淮汽车股份有限公司与大众汽车（中国）投资有限公司在德国柏林签订合资合同，双方共同出资成立江淮大众汽车有限公司。

36.2017年8月1日，安徽省交通规划设计研究总院股份有限公司股票在上海证券交易所顺利首发上市交易，该公司成为安徽省第100家A股上市公司。

37.2017年11月18日，由安徽省南翔贸易（集团）有限公司、安徽金彩牛实业集团有限公司、合肥华泰集团股份有限公司、安徽中辰投资控股有限公司联合发起成立的安徽省首家民营银行——安徽新安银行正式成立。

38.2018年2月8日，位于合肥高新区的华米科技在美国纽约证券交易所上市，成为小米生态链首家在美国上市的企业，同时也是安徽首家在美国上市的企业。

39.2018年5月25日，在2018中国国际徽商大会·徽商论坛现场，"改革开放40周年百名风云徽商"正式发布，"功勋徽商""卓越徽商""新锐徽商"榜单公布。

40."安徽制造"已经拿下七个"世界第一"：研制出世界最薄0.12毫米浮法玻璃，建成全球首条最高世代10.5代线，诞生全球首颗量子通信卫星、首条量子保密通信网、首台量子计算机，华米手环、阳光电源光伏逆变器出货量全球第一。

二、2018年新成立的异地徽商（安徽）商会

1.安哥拉安徽商会成立。2018年1月6日，安哥拉安徽商会成立大会暨揭牌仪式在友诚国际隆重举行。安哥拉安徽商会第一任会长朱祥增表示，安哥拉安徽商会的成立，必将进一步加强和推进在安哥拉的徽商之间及其与家乡和各地徽商的交流、合作，

充分发挥桥梁和纽带作用，为推动家乡经济社会发展，深化中安两国文化交流和两国人民友谊做出积极贡献。同时，安哥拉安徽商会将密切企业与当地政府的关系，维护在安哥拉的徽商的合法权益，实现抱团取暖、共同发展、合作共赢的目标。

2. 潮州市安徽商会成立。2018年1月14日，潮州市安徽商会成立仪式在潮州宾馆三楼宴会厅举行，刘振胜当选为潮州市安徽商会会长。潮州市安徽商会的成立，聚集了一大批安徽籍企业家的加入，形成了一个巨大的资源数据平台，在互帮互助、资源共享、抱团发展、管理提升方面将得到更为有效的帮助和促进。

3. 西安市桐城商会成立。2018年1月14日，以“携手、凝聚、共赢”为主题的西安市桐城商会成立暨第一届会员代表大会在西安举行，三秦大地响起桐城乡音。琚李根当选为首届会长。目前商会已有会员150多人。

4. 南京阜阳商会界首分会成立。2018年1月20日，南京阜阳商会界首分会在南京成立，吕友邦任会长。南京市阜阳商会界首分会的成立，是扩大平台、壮大队伍、整合资源的有效途径，也是商会发展的必然趋势。

5. 无锡市合肥商会成立。2018年1月21日，无锡市合肥商会第一届会员大会暨成立大会在无锡太湖饭店召开。无锡市合肥商会的成立旨在促进在无锡创业的合肥籍人士抱团发展、做大做强，帮助其自律、规范、协调发展，更好地发挥其对无锡市经济社会建设的推动作用，促进无锡、合肥两地的经贸往来。新当选的无锡市合肥商会会长李庆林表示，将团结和带领全体会员发扬“大善、大德、大愿、大为”的精神，秉承“共商、共建、共享、共赢”的宗旨，传承徽商文化，不忘初心、牢记使命，努力把商会打造成无锡最具影响力的社会团体，为无锡、合肥两地的经济发展和社会进步作出应有贡献。

6. 无锡市新吴区安徽五河商会成立。2018年1月27日，无锡市新吴区安徽五河商会成立大会在美丽的太湖之滨顺利召开。无锡市新吴区安徽五河商会的成立，标志着五河籍企业家在无锡有了一个“凝聚乡情、资源共享、团结互助、共同发展”的新平台，也为无锡、五河两地的经济合作架起了新桥梁。

7. 东莞市安徽宿州商会成立。2018年1月28日18时，以“共担新使命，拥抱新时代”为主题的东莞市安徽宿州商会成立庆典仪式在东莞喜来登大酒店国际宴会厅隆重举行。在东莞市安徽宿州商会选举大会暨第一届第一次会员大会上，选举产生了会长、执行会长、监事长、监事、理事会成员等。其中，选举时晓东为会长，文朋为执行会长，王顺利为监事长，张珂、张留战为监事。目前，商会已有会员企业80多家。

8. 徐州市安庆商会成立。2018年3月16日，徐州市安庆商会第一次会员大会暨成立大会在徐州中汇国际会议中心隆重举行。江苏安鹏建设项目管理有限公司董事长刘保胜当选为会长，徐州圣泽钢结构工程有限公司董事长王亦胜当选为监事长。

9. 菲律宾安徽商会成立。2018年3月18日，菲律宾安徽商会在马尼拉大酒店举行成立大会。菲律宾安徽商会由在菲的皖籍企业家和企业共同组成，是皖籍华人华侨在菲律宾成立的第一个商会。首任会长是集桥国际建筑有限公司董事长刘传伏。刘传伏代表菲律宾安徽商会在大会上致辞，他表示将带领商会以“秉承徽商精神、携手共创未来”的创会宗旨，以儒入商倾力打造商业与文化共生并举的格局，团结侨胞，共同发展，积极推动中菲两国经济与文化交流合作。

10.衢州市安徽商会江山分会成立。2018年4月14日，衢州市安徽商会江山分会揭牌成立。会长童乃松表示，江山分会将秉承“信息互享、生活互帮、生意互助”的宗旨，发挥全体会员的共同智慧，全心全意为会员乡亲服务，脚踏实地，全力以赴，不断开创商会工作的新局面。

11.苏州市芜湖商会成立。2018年4月23日，苏州市芜湖商会在吴中白金汉爵大酒店举行第一届第一次会员大会暨成立大会。江苏四周通建设工程有限公司董事长潘诗周当选为会长。

12.海南省亳州商会谯城分会成立。2018年4月22日下午，海南省招商推介暨亳州商会谯城分会挂牌仪式在海南省海口市隆重召开。会上，谯城区政协主席李伟、海南省亳州商会会长杨明贵为海南省亳州商会谯城分会揭牌，副区长汪安定作致辞，寄望谯城分会能充分发挥桥梁和纽带作用，以艰苦创业为理念，以做大做强为目标，用辛勤的工作不断提高商会的凝聚力、战斗力和影响力，打造海南省亳州商会谯城分会品牌，为促进海南、谯城两地经济社会发展作出更大贡献！

13.海南省阜阳商会成立。2018年4月28日，海南省阜阳商会成立大会在海口举行。大会选举产生了会长、监事长、执行会长、副会长，闫明亮当选为会长。闫明亮表示，海南省阜阳商会将不断促进企业发挥资源优势，加强企业以及行业之间的交流合作；充分发挥组织优势，融合资源，利用海南与阜阳两地的综合群体优势，提高企业市场竞争力及影响力。

14.盐城市安徽商会成立。为传承徽商精神、弘扬徽商文化，促进苏皖两地经济交流与合作，2018年5月8日下午盐城市安徽商会正式成立，盐城市食品商会名誉会长、盐城市老周食品有限公司董事长周学诚当选为会长。周学诚表示，盐城市安徽商会的宗旨为“服务、协调、维权、桥梁、互助”，商会要全心全意为徽商在盐企业服务，维护企业的合法权益，督促企业守法经营，同心合力打造徽商品牌，整合资源、人才和管理优势，提升企业的市场竞争力，实现“以商会友，以友会商，互动互利，共筑平台，共同发展”。

15.江门市安徽阜阳商会成立。2018年5月18日，江门市安徽阜阳商会成立大会在新会古典家具城举行。江门市安徽阜阳商会会长尹文来表示，商会将以“凝聚乡情、创新立业、抱团发展、合作共赢”为宗旨，以团结在江门的阜阳籍企业家为纽带，以共同打造商会建设为平台，为在江门的阜阳籍企业提供力所能及的服务，同时也为阜阳籍企业家回乡创业牵线搭桥，真正实现优势互补、抱团发展、合作共赢、回报家乡，造福粤皖两地。

16.杭州市合肥商会成立。2018年5月19日，杭州市合肥商会成立典礼暨经济与产业发展高峰论坛在杭州市拱墅区海外海皇冠大酒店召开。商会的宗旨是以乡情为纽带维护好合商形象，完善规章制度，把商会做成服务型、和谐型、协商型商会。首届会长刘东表示，杭州市合肥商会将以乡情为纽带，以兴商为目的，以商养会，以会促商，团结在杭州的合商，搭平台，助梦想，推产业，促转型，共发展。

17.深圳市安徽铜陵商会成立。2018年6月9日下午，铜陵市2018招商引资（招才引智）推介会暨深圳市安徽铜陵商会成立庆典大会在深圳市富临大酒店成功举办。深圳市安徽铜陵商会是连接深圳、铜陵两地企业与企业、企业与政府、企业与社会各界之间经济合作与交流的枢纽和桥梁。会长陈友表示，商会将以“促进乡企交流、关心铜陵发展”为创会宗旨，牢牢把握深圳的发展契机，整合资源，凝聚力量，求真务实，合作共赢，努力把商会打造成为一个创新、务实、团结、进取、共赢、透明的乡企平台；在积极扎根深圳建设的同时，树立起铜陵人的良好形象，报答家乡人民的深情厚爱，为家乡的经济发展和“幸福铜陵”的建设贡献力量。

18.上海市亳州（总）商会谯城分会成立。2018年6月9日下午，上海市亳州（总）商会谯城分会成立大会在上海市古井假日酒店举行。上海市亳州（总）商会谯城分会是海派文化和徽商文化交融下应势而生的新兴商会，目前有会员100多名，大部分会员在沪10年以上，入会企业112家。

19.宁波市杭州湾新区宿州商会成立。2018年7月7日下午，宁波市杭州湾新区宿州商会正式成立，宣祖远当选为会长。

20.龙口市安徽商会成立。2018年7月21日上午，山东省龙口市安徽商会成立庆典暨第一届第一次会员大会在龙口市举行，界首籍企业家张贺印当选为会长。龙口市安徽商会的成立，标志着龙口、界首两地的经济交流与合作开启了新的篇章，勇于开拓、勤劳奋进的界首人又多了一份精神支撑。界首籍会员单位将充分发挥在龙口市接触广泛、联系紧密的优势，积极宣传和推介界首。工商联将发挥桥梁和纽带作用，进一步加强与该商会的沟通联系，为助力家乡产业升级和经济持续健康发展作出积极贡献。

21.越南中国商会安徽企业联合会成立。2018年9月9日下午，越南中国商会安徽企业联合会成立庆典暨中秋联欢会在越南胡志明市隆重举行。越南中国商会安徽企业联合会的成立，为促进中越两国的友好交往和经济发展发挥了重要作用。

22. 慈溪市安徽商会成立。2018年9月12日，慈溪市安徽商会在白金汉爵大酒店举行了隆重的成立仪式，费维苍当选为会长。目前，安徽籍在慈溪打工经商者有20多万，约占全市人口的1/4，其中涌现了3000多家个体工商户和企业，遍布传统商贸和现代服务业、传统制造和新兴产业等各个领域，为慈溪的发展贡献了徽商力量和智慧。费维苍表示，慈溪市安徽商会将牢记“服务、协调、维权、桥梁、互助”办会宗旨，全心全意服务安徽在慈企业；维护企业的合法权益，督促企业守法经营，同心合力打造徽商品牌，整合资源优势、管理优势、人才优势，提升企业的市场竞争力，实现“以商会友、以友促商、互动互利、共筑平台、优势互补、共同发展”，为安徽争光，为慈溪添彩。

23. 杭州市阜阳商会成立。2018年9月18日，杭州市阜阳商会成立庆典暨第一届第一次会员代表大会在浙江广电开元名都大酒店隆重举行。会议选举出杭州市阜阳商会会长、副会长、秘书长等商会领导机构人员，戚国辉当选为杭州市阜阳商会会长。

24. 宿迁市安徽商会成立。2018年9月26日上午，宿迁市安徽商会正式成立，江苏百盟投资有限公司董事长靳常增当选为会长。宿迁市安徽商会的成立，标志着在宿安徽籍企业家进入了团结协作、共谋发展的新阶段。目前，该商会已吸纳会员约90名，他们将继续凝聚智慧与合力，为宿迁经济社会发展作贡献。

25. 上海市滁州商会成立。2018年10月20日，以“申爱，醉美滁州”为主题的上海市滁州商会成立暨会员代表大会在上海召开，罗兴刚当选为会长。上海市滁州商会将秉持“在沪发展、服务乡友、回报家乡”的宗旨，致力于打造上海、滁州两地经贸合作和业界交流的平台。商会目前已经成立了法律、金融、医疗、餐饮酒店、企业管理咨询、信息技术等六个专业委员会。未来还将通过开展公益、招商引资、信息交流、论坛会展等多种形式提供服务，加强两地往来沟通，促进两地发展和会员成长。

26.乌鲁木齐滁州商会成立。2018年10月26日下午，乌鲁木齐滁州商会成立大会在海通五星大饭店隆重举行。会议选举新疆永泰消防设施检测维保有限公司总经理刘永新为会长，新疆天晟达建设工程有限公司总经理杨道春为商会监事长，乌鲁木齐祥宇鑫丰商贸有限公司总经理吴忠祥为执行会长。据悉，乌鲁木齐滁州商会目前有会员150名，这些滁州籍企业家在疆经营领域涉及商贸、物流、建筑、农产品加工及销售等，解决就业3000余人。

27.台州市巢湖商会成立。2018年10月28日，台州市巢湖商会成立大会暨巢湖市投资环境说明会在台州市隆重举行。大会表决通过了商会章程（草案）、本次会议选举办法（草案）和本届商会会长、执行会长、常务副会长、副会长、秘书长、副秘书长、理事建议名单。大会还对商会提出了三点希望：一是联动两市促发展，商会可以将在台州发展空间局促的产业有效地转移到巢湖，两地联动，实现共赢；二是服务企业聚人心，商会只有把服务摆在第一位，才能聚集人心，这是商会存在亘古不变的生命力所在；三是强化自身展形象，商会抓好自身建设，首当其冲做好各类活动，通过活动把会员企业组织起来，真正起到“金桥”的作用。

28.东莞市安徽阜阳商会成立。2018年10月28日，东莞市安徽阜阳商会举行了庆典大会，这标志着东莞市安徽阜阳商会正式成立。丁飞当选为会长。东莞市阜阳商会自筹建以来，已有100多个会员企业，涵盖五金、电子、模具等50多个行业，年产值近50亿元，提供就业岗位3万多个，协调招商走访活动50多次，促成了钲金实业、东浩3D印刷等4家企业返乡投资，总投资额近5亿元。下一步，东莞市安徽阜阳商会将致力于为会员企业与政府搭起沟通的桥梁，打通与其他商会交流的渠道，为莞阜两地的共同繁荣做出应有贡献。

29. 绍兴市安徽商会成立。2018年11月15日，绍兴市安徽商会成立大会隆重召开。会议选举产生了绍兴市安徽商会第一届理事会领导班子，审议通过了《绍兴市安徽商会章程》《绍兴市安徽商会选举办法》《绍兴市安徽商会会费收取及管理办法实施意见》等系列草案。孙应虎当选为绍兴市安徽商会第一届理事会会长，绍兴市工商联党组书记江波为商会成立授牌。经现场全体人员审议，大会通过了商会会长、副会长、常务副会长、秘书长、理事等候选提名名单，公布了第一届理事会领导班子成员，并向名誉会长及顾问颁发聘用证书。

30. 天津市安徽阜阳商会成立。2018年11月18日下午，天津市安徽阜阳商会成立庆典暨就职仪式在天津津卫大酒店隆重举行。韩立彦当选为天津市安徽阜阳商会会长。

31. 上海黄山经济文化促进会成立。2018年11月24日下午，上海黄山经济文化促进会正式成立。上海黄山经济文化促进会成立大会在上海市普陀区安曼纳卓悦酒店隆重举行。此次大会表决通过了《黄山分会章程》《黄山分会选举办法》《黄山分会会费收支管理办法》，并宣读当选的会长、执行会长、常务会长、副会长、秘书长、理事名单。上海黄山经济文化促进会为上海安徽经济文化促进会二级分会，由省促进会和市政府驻沪联络处共同管理。上海黄山经济文化促进会由黄山籍在沪企业家及公务员、专家、学者组成，下辖经济委员会、专家委员会，组织架构完整，章程制度规范。上海黄山经济文化促进会将切实加强自身建设，不断创新完善工作机制，着力发挥“娘家人”作用、“信使”作用、“桥梁”作用，实现共享共建共赢。

32. 金华市安徽商会成立。2018年12月5日，金华市安徽商会成立大会暨第一届第一次会员大会顺利召开。会议选举浙江红牌智能电器制造有限公司总经理余淼为金华市安徽商会第一届理事会会长，聘请丽水市人大党组原书记、副主任贾若忠同志为金华市安徽商会的名誉会长。到目前为止，该商会理事以上单位60家，会员265家，涉及家具、机械、药材、外贸等各行业。

33. 上海和县商会成立。2018年12月8日，上海和县商会成立大会暨招商引资推介会在上海虹桥云峰宾馆举行。大会选举出了以朱有彬为会长的商会第一届领导班子和监事长，通过了《上海和县商会章程》等重要文件。

34. 廊坊市亳州商会成立。2018年12月16日，廊坊市亳州商会成立庆典大会在河北霸州市胜芳镇召开。

35. 上海市六安商会成立。2018年12月22日，上海市六安商会成立大会在上海举行。改革开放以来，一大批六安籍人士来到上海打拼，既开创了自身事业，为上海经济社会发展作出积极贡献，也为家乡赢得良好声誉。目前六安籍人士在沪创业的成员有80余万人，其中具有一定规模的企业有2000余家。上海市六安商会是由六安籍在沪企业家代表发起成立的，旨在团结凝聚广大会员，加强企业自我服务和管理，为促进上海、六安两地经济社会发展作出贡献。

36. 锦州市安徽商会成立。2018年12月27日，锦州市安徽商会正式挂牌成立。锦州市安徽商会吸纳会员企业77家，主要涉及建筑建材、物流运输管理、装饰装修、新能源投资等几十个行业。锦州市安徽商会首任会长孔磊表示，安徽商会将把徽商精神、徽商文化薪火相传、继往开来，团结在锦的安徽乡梓，发扬“徽骆驼”精神，立志有为，服务社会，为第二故乡锦州的发展出智出力，继写徽商时代新篇章。

三、2018年徽商重大活动

1.2018年1月9日，2018粤港澳大湾区徽商峰会暨广东省安徽商会成立5周年庆典在广州市香格里拉酒店隆重举行。安徽省人大常委会原主任孟富林，中央军委空军原副政委徐承栋中将，广东省政协副主席姚志彬，安徽省人大常委会原副主任吴昌期，安徽省政协原副主席王鹤龄、成都空军原副政委张逢堂少将，原广州军区空军副政委方声坤少将，广东省军区原副政委阚延泉少将，广东省社会科学院院长王珺，中共安徽省委宣传部常务副部长车敦安，安徽省人民政府驻广州办事处主任朱丹，安徽省文联主席吴雪，安徽省安庆市委常委、岳西县委书记周东明，广东省安徽商会名誉会长吕向阳，广东省安徽商会轮值会长、广州市勤天地产集团董事长王硕朋，广东省安徽商会轮值会长、深圳至正文博集团董事长吴福庆，广东省安徽商会轮值会长、广东银瑞投资管理集团董事长夏阳，全国各省（自治区、直辖市）驻广州办事处主要负责同志，广东、安徽两省各级党政机关、社会团体有关负责同志，粤港澳地区皖籍企业家、专家学者及广东省安徽商会会员、兄弟商会代表共计600余人参加了此次活动。

2.2018年3月23日，由安徽日报报业集团、徽商传媒、徽商全球理事会、徽商名媛荟主办，以“畅想春天”为主题的大型品牌活动“2018徽商之夜”在合肥举办。安徽省人大常委会原副主任季昆森，安徽省政协原副主席王鹤龄，安徽日报报业集团党委书记、社长郭强，徽商传媒总编辑、徽商全球理事会秘书长韩新东，广德县委书记王庆武，香港工商总会会长王福生，澳大利亚徽商总会会长项翔等在活动上进行致辞或发表主旨演讲。

3.2018年4月25日，由安徽国际徽商交流协会主办，泾县人民政府承办的2018年全国徽商商会秘书长（泾县）工作会议在宣城市泾县召开。安徽国际徽商交流协会会长张桂平，知名徽商、金箔集团董事局主席江宝全，泾县人民政府县长孙广东，安徽国际徽商交流协会副会长兼秘书长叶青松，安徽省合作交流办公室经济联络处处长余超超以及来自全国180多家徽商（安徽）商会的秘书长及部分特邀会长共200余人参加了会议。

4.2018年5月25至27日，由安徽省人民政府、全球中小企业联盟、联合国工业发展组织等主办的2018世界制造业大会和2018中国国际徽商大会在安徽合肥举办。5月25日上午，2018世界制造业大会和2018中国国际徽商大会在合肥隆重开幕。全国政协副主席、民革中央常务副主席郑建邦致辞并宣布大会开幕。省委书记李锦斌致辞。省委副书记、省长李国英主持开幕式。全球中小企业联盟全球主席、德国前总统武尔夫，联合国工业发展组织副总干事菲利普·朔尔特斯，国务院国资委主任肖亚庆，中央统战部副部长、全国工商联常务副主席徐乐江，中国侨联主席、中国科学院院士万立骏，中国人民对外友好协会会长李小林，工信部副部长辛国斌分别致辞。全球中小企业联盟名誉主席、阿根廷驻巴西大使、联合国工业发展组织前总干事卡洛斯·马格里诺，省政协主席张昌尔，省委副书记信长星，省委、省人大常委会、省政府、省政协负责同志出席开幕式。

5.2018年5月25日，2018中国国际徽商大会·徽商论坛在合肥白金汉爵大酒店举行。本次徽商论坛由安徽省人民政府主办，国务院发展研究中心支持，安徽省人民政府发展研究中心、安徽省人民政府驻北京办事处、安徽省人民政府驻上海办事处、安徽省人民政府驻广州办事处、安徽国际徽商交流协会联合承办，决策杂志社（安徽创新发展研究院）协办。本次徽商论坛主题为“拥抱智造时代、共享美好生活”。安徽省政协主席张昌尔、安徽省人大常委会副主任谢广祥等省领导以及来自全国各地的徽商企业家600余人应邀参加了此次论坛。其间，安徽省企业家联合会、安徽国际徽商交流协会、决策杂志社（安徽创新发展研究院）共同主办了“改革开放四十周年百名风云徽商”评选活动，此次活动分为“功勋徽商”“卓越徽商”和“新锐徽商”三个板块。

6.2018年5月25日，在2018中国国际徽商大会·徽商论坛期间，由安徽财经大学新徽商研究中心、安徽经济报社和决策杂志社联合编写的《徽商发展报告2017》由合肥工业大学出版社出版发行。这是第一本对全国徽商年度发展进行记录、剖析和统计的著作，全书从总结篇、商会篇、专题篇、分析篇、附录篇等多个层面对徽商2017年度的发展进行了深度分析。《徽商发展报告2017》被评为2018世界制造业大会和2018中国国际徽商大会

“十大成果”之一。

7.2018年10月13日至14日，由安徽财经大学新徽商研究中心、安徽经济报社、安徽省经理人联合会三家单位联合成立的新徽商商学院在徽商故里绩溪县徽杭古道揭牌成立。安徽省监察厅原巡视员李磊，绩溪县委常委，统战部部长宋晓丹，安徽经济报社社长马顺生，徽杭古道景区管理有限公司董事长胡家迅，安徽财经大学新徽商研究中心副主任王唤明，安徽省经理人联合会会长张耀峰，安徽国际商务职业学院“三商”研究中心主任吕向生，安徽职业技术学院管理学院书记吴自强，安徽职业技术学院管理学院副院长童登峰，徽商研习社发起人杨阳，安徽MBA联盟发起人王益，安徽MBA联盟发起人李烽，安徽MBA联盟发起人余旸以及来自广东、安徽的企业家朋友等100多位嘉宾出席了新徽商商学院揭牌成立仪式和徽商文化交流论坛。新徽商商学院的成立旨在呼吁天下徽商重走徽杭古道，开展“四个一”工程，即走一段古道，听一场徽商文化与精神报告，参观一座徽商古村落，参访一家徽商名企。

8.2018年10月25至27日，由安徽日报报业集团徽商传媒、徽商全球理事会主办的“新时代　新平台　新未来”2018全国安徽商会会长联席会议在黄山市召开。会议特邀全国异地安徽商会会长、徽商企业家代表以及各界人士200余位，共话商会发展新模式，共谱徽商崛起新篇章。

9.2018年12月23至24日，养城无“界”创新为“首”——2018徽商全球理事会年会暨界首市亲商大会在界首市盛大举行。徽商全球理事会会员企业代表、界首市企业家代表、全国各地界首商会负责人齐聚界首，共谋界首民营经济发展大计，推动县域经济发展实现新腾飞。安徽省政协原副主席王鹤龄、安徽省人大财经委原主任庄立权、徽商全球理事会秘书长韩新东、界首市委书记徐会东、界首市市长何逢阳、安徽国祯集团董事局主席李炜、上海电能电气集团董事长吴献忠、安徽贝克药业董事长王志邦等300余人应邀参加了此次大会。

10.2018年12月24至25日，由安徽国际徽商交流协会主办，安徽古井集团有限责任公司、安徽中烟工业有限责任公司承办的2018国际徽商精英年会暨投资对接合作交流大会在合肥举行。会议由国际徽商交流协会常务副会长，安徽中烟工业有限公司党组书记、总经理王志彬主持。安徽古井集团党委委员、古井贡酒股份有限公司常务副总经理闫立军，安徽省发改委党组成员、省合作交流办主任侯锋平，安徽省政协副主席、省科协主席韩军出席会议并致辞。安徽省委原书记卢荣景，安徽省人大常委会原主任孟富林，国际徽商交流协会会长张桂平，安徽省人大常委会原副主任吴昌期、郭万清，安徽省政协原副主席王鹤龄，合肥市政协原主席周富如，安徽省驻京办原党委书记丁昌盛，阜阳合肥现代产业园区党工委书记、管委会主任吴爱国，安徽省工商联副主席、秘书长李俊波，国际徽商交流协会常务副会长、安徽中烟工业有限公司党组书记、总经理王志彬等领导出席会议，来自安徽省内有关市、区、县招商局和开发区负责人，全国各地徽商（安徽）商会，境内外徽商代表、会员代表及特邀嘉宾共500余位杰出徽商精英和企业家代表欢聚一堂，共商、共享、共划未来发展的美好蓝图。

四、2018年徽商年度十大关键词

伴随着2018年的结束，一年一度的徽商大盘点又开启了。安徽财经大学新徽商研究中心、新徽商商学院、徽商智库、新徽商大讲堂联合开启了2018徽商活动与事件、品牌与推广等系列大盘点。通过年度的跟踪和大数据检索，评选出了2018年徽商年度十大关键词，结果如下：

1.一带一路。2018年，徽商与“一带一路”的故事很多，国内外徽商联盟组织了多批徽商企业家开展徽商与“一带一路”建设的对接活动，多家徽商企业在“一带一路”沿线国家和地区投资发展，“一带一路”与徽商的故事正在不断续写。

2.安徽制造。2018世界制造业大会在合肥的召开提升了安徽的影响力，《2018世界制造业大会合肥宣言》的发布、精品安徽、徽商中国的宣传等都在发出“安徽制造”的最强音，安徽的家电、语音产品、显示屏、汽车等都走向了全球，“安徽制造”的美誉度和影响力得到了极大的提升。

3.人工智能。安徽拥有人工智能方面的领先技术和专业，中国声谷的打造、中国科技大学先进技术研究院与合肥工业大学智能制造技术研究院的建设等都让徽商与人工智能紧密关联，人工智能在安徽乃至徽商圈，已是最热门的话题之一。

4.徽商回归。2018年，徽商回归继续保持好的态势，投资总额过千亿元，实际到位资金超过200亿元，在长三角区域一体化发展上升为国家战略的背景下，安徽全面融入长三角，安徽的营商环境越来越好，徽商回归的热情会进一步高涨。

5. 自主创新。伴随着合肥滨湖科学城的挂牌、国家综合科技城市的建设，一批大科学装置和实验室落户安徽，自主创新成为安徽的名片。一批徽商企业也趁机发力不断自主创新，取得了多个世界第一，如研制出世界最薄0.12毫米浮法玻璃，建成全球首条最高世代10.5代线，诞生全国首颗量子通信卫星、首条量子保密通信网、首台量子计算机，华米手环、阳光电源光伏逆变器出货量全球第一。

6. 热心公益。徽商一直热心公益、捐资助学。2018年，徽商热心公益的事件不断被报道，如马东敏给中国科技大学捐款一个亿，杨元庆给中国科技大学捐款1000万元，文一集团给安徽师范大学捐款1000万元，比亚迪王传福给老家小学、初中、高中捐款600万元，等等。徽商企业家不忘乡情，热心公益，乐善好施，弘扬徽商优秀文化。

7. 隐形冠军。2018年，一批徽商企业成为细分领域的“隐形冠军”，他们专注一“圈”一“线”一“带”，一干就是几十年，他们作为行业领导者、科技引领者开启了国际化。2018年，中德隐形冠军（合肥）峰会在合肥召开，安徽省中小企业专精特新发展论坛在阜阳举行，这些都让“隐形冠军”成为徽商企业力争打造的名片。

8. 徽商古道。徽商古道本是古徽商经商之路，2018年，徽商古道被频繁提及。2018长三角古道旅游大会的召开、陈发祥等编著的《徽州古道》的出版发行、新徽商商学院的成立，激励越来越多的徽商企业家弘扬徽商精神，传承徽商文化，重走徽商古道，感悟古道智慧。

9. 改革进取。2018年是改革开放40周年，安徽人敢为天下先的故事在企业生产经营中也有很多。各类总结改革开放40周年成就的榜单中都有徽商的身影，这是徽商改革进取的有力证据。从徽商工业第一人胡练九到傻子瓜子年广久，从比亚迪到江淮汽车，从苏宁到海螺，从驴妈妈到蔚来汽车，等等，都体现出了徽商勇于改革、锐意进取的精神。

10. 文化传承。“贾而好儒”“诚信赢天下”“乐善好施”“拼搏进取”等徽商优秀的文化与精神一直在传承和续写，“绩溪牛”与“徽骆驼”的写照在今天的新徽商身上得到了有效的传承。因为徽商，天下徽商一家亲；因为徽商，徽商文化与精神得到了延续。

后　记

20年前我第一次到徽州地区，当时对徽商和徽文化不甚了解，但马头墙、黑白相间的色调、深宅大院、古村落等都给我留下了深刻的印象。2009年，我在安徽财经大学策划的“徽商大讲堂”首期开讲。“徽商大讲堂”一直延续到今天，举办的目的是传播徽商文化，培养商界精英。2014年，我在合肥策划打造了“新徽商大讲堂”，主要目的是为了促进徽商企业家之间的交流和资源整合，至今已举办了60多期活动。2014年，安徽财经大学新徽商研究中心成立，安徽财经大学为服务地方经济、强化智库建设出版的系列报告得到了社会的好评。很早之前我就思考过撰写徽商发展报告，但因为多种原因没能实现。直到2018年，经过2017年全年徽商活动的跟踪和资料收集，再加上“新徽商大讲堂”微信公众号的持续运作，2018中国国际徽商大会和2018世界制造业大会期间发布了《徽商发展报告2017》。《徽商发展报告2017》得到了政府、异地徽商商会和商界的认同，被评为2018世界制造业大会和2018中国国际徽商大会“十大成果”之一。

今年即将出版的《徽商发展报告2019》经过多次研讨和论证，最终确定为徽商组织、徽商企业、徽商人物、徽商制造、徽商产业、徽商展望六大模块。

《徽商发展报告2019》能够顺利出版，首先要感谢决策杂志社总编辑张道刚、安徽经济报社社长马顺生、安徽经济报社总编辑助理栗亮、决策杂志社总监王运宝等人，他们的无私帮助和鞭策让我更有动力，因为徽商，我们经常共同出席活动，磋商交流，分享徽商最新动态；其次要感谢安徽财经大学校领导丁忠明教授、周加来教授、冯德连教授，他们给新徽商研究中心提供了较好的平台和资源；感谢安徽师范大学校长张庆亮教授，安徽财经大学新徽商研究中心曹天生教授、经济发展研究中心张会恒教授、工商管理学院胡登峰教授和胡旺盛教授等，他们在我成长道路上给予我关爱和支持；感谢安徽师范大学出版社社长张奇才、总编辑助理谢晓博及编辑等，他们为本书的出版提供了优质的服务；最后要感谢安徽国际徽商交流协会秘书长叶青松、安徽合作交流办公室经济联络处处长余超超、各地徽商商会的会长和秘书长们，他们为本书提供了诸多的素材和建议。

《徽商发展报告2019》是安徽财经大学年度系列报告丛书的一部分，也是安徽财经大学新徽商研究中心和安徽经济报社、决策杂志社（安徽创新发展研究院）联合打造的“徽商智库”系列丛书之一。由于水平有限，书中如果有不当或疏漏之处，敬请联系我（邮箱 diyiyingxiao@163.com），我将第一时间给予回复。《徽商发展报告》将会每年延续下去，记录和剖析徽商的年度发展大事，统计和分析徽商的年度经营状况，解析徽商年度重大专题，传播徽商文化，传承徽商精神。

因为徽商，你我同行！因为徽商，我们在路上！

王唤明

2019年8月于龙子湖畔